Bande Dessinée

& Classiques & Contemporains

R. L. Stevenson
Pratt – Milani
L'Île au trésor

Présentation, notes, questions et après-texte établis par **Agnès Deyzieux, professeur documentaliste** et **Jean-Philippe Guichon, professeur de Lettres**

Lexique établi par **Stéphane Hurel**

MAGNARD
casterman

Sommaire

PRÉSENTATION

Naissance de *L'Île au trésor*

Pour l'enfant, amoureux de cartes et d'estampes,
L'univers est égal à son vaste appétit.
Ah ! que le monde est grand à la clarté des lampes !
Aux yeux du souvenir que le monde est petit !

Charles Baudelaire, « Le Voyage », *Les Fleurs du Mal*, 1857.

Né du dessin, voici que *L'Île au trésor* retourne au dessin sous le crayon d'Hugo Pratt. Tout a commencé par une après-midi du mois d'août 1881. Robert Louis Stevenson est revenu d'Amérique un an plus tôt ; il passe l'été en Écosse en compagnie de ses parents et de Lloyd Osbourne, un garçon de treize ans que sa femme Fanny a eu d'un premier mariage. Les journées sont longues et pluvieuses dans le cottage où séjourne la famille. Pour les occuper et distraire le jeune Lloyd, Stevenson s'empare de ses couleurs et se met à dessiner la carte d'une île dont les contours sollicitent immédiatement son imagination. Étape décisive dont ses mémoires conservent le souvenir enchanté : « C'est un peu ainsi, tandis que je m'absorbais dans la contemplation de mon île au trésor, que je vis apparaître peu à peu, sortant de bois imaginaires, les futurs personnages du livre. Leurs visages brunis, leurs armes étincelantes se laissaient entrevoir par brefs instants, là où je ne les attendais pas, passaient et repassaient devant mes yeux, s'entrebattant dans la chasse au trésor – et tout cela sur quelques centimètres carrés de surface plane ! » (propos cité par Marc Porée dans *L'Île au trésor* de Stevenson, folio classique, 2000). Très vite la carte et le monde qu'elle a fait surgir se transforment en une récréation familiale ; chaque jour, Robert Louis Stevenson rédige un chapitre de son histoire et, chaque jour, il en donne lecture aux membres de la famille réunie. Chacun y va de ses suggestions et le père de Stevenson n'est pas le dernier à se prendre au jeu. Au début de septembre, quinze chapitres sont achevés et des amis l'incitent à terminer ce récit pour le publier. Les premiers chapitres sortent ainsi en feuilleton dans une revue pour la jeunesse, *Young Folks*, à partir du mois d'octobre. Mais à l'automne, c'est la panne. Stevenson ne parvient pas à écrire la suite de son histoire. Après des semaines de dépression, il se rend à Davos, en Suisse, où il va depuis plusieurs mois pour essayer d'enrayer la tuberculose qui le ronge. C'est là qu'il retrouve l'apaisement propice à l'inspiration et qu'il achève son roman. On est en décembre 1881, Stevenson vient d'avoir trente et un ans. Pour le jeune écrivain, qui a commencé bien des romans sans jamais pouvoir en achever un seul, c'est le début de la gloire.

Hugo Pratt et Stevenson

Hugo Pratt n'est pas non plus très connu lorsqu'il s'intéresse à *L'Île au trésor*. Comme Stevenson, il revient d'un séjour prolongé en Amérique – en Argentine plus précisément – et, comme Stevenson, il est à la veille de devenir un maître incontesté dans son art, la bande dessinée. Nous sommes en 1965, deux ans avant que Pratt n'imagine le plus fameux pirate de la bande dessinée, Corto Maltese, « gentilhomme de bonne fortune », comme aime à s'appeler ce personnage en référence à *L'Île au trésor* de Stevenson justement. Au début des années soixante, Hugo Pratt est revenu s'installer dans son Italie natale, après avoir voyagé et travaillé aux quatre coins du monde. Lui qui se rêvait scénariste et dessinateur de ses propres œuvres, autrement dit auteur de bandes dessinées à part entière, le voilà obligé pour vivre de répondre aux commandes que lui passent des journaux, notamment le *Corriere dei Piccoli*, une publication pour enfants et adolescents qui appartient à un puissant groupe de presse milanais. La plupart du temps, il travaille en collaboration avec Mino Milani, un journaliste originaire de Pavie qui est de la même génération que lui. Entre 1962 et 1969, les deux hommes réalisent de nombreuses adaptations parmi lesquelles on trouve deux romans de Stevenson : *L'Île au trésor* et *Les Aventures de David Balfour*, une œuvre de 1886 que Pratt et Milani adaptent en 1967 sous le titre *Enlevé !* S'appuyant sur une publication en feuilleton et suivant un découpage en strips dont la présente édition permet de redécouvrir la dynamique, il s'agit bien de retrouver pour un jeune public la saveur si particulière de ces classiques de l'aventure écrits au XIXe siècle, mélange savant mais léger d'exotisme, de suspense perpétuellement reconduit et de roman d'apprentissage où la peur et l'engagement sont les moteurs de l'histoire. Comme l'écrit Jean-Yves Tadié : « L'aventure est l'irruption du hasard, ou du destin, dans la vie quotidienne, où elle introduit un bouleversement qui rend la mort possible, probable, présente, jusqu'au dénouement qui en triomphe – lorsqu'elle ne triomphe pas. » (*Le Roman d'aventures*, PUF, 1982) Et c'est bien de cela qu'il s'agit lorsque Milani et Pratt reprennent le personnage de Jim Hawkins inventé par Stevenson pour son *Île au trésor* : un jeune garçon devient un homme en surmontant les épreuves déclenchées par l'irruption d'un imprévu (Bill Bones, autrement dit la piraterie) dans sa vie d'enfant.

L'Île de la nostalgie

Pour Pratt cependant, il semble bien que *L'Île au trésor* ne soit pas un roman comme les autres. Si la nostalgie de l'enfance et du plaisir qu'on y éprouvait à se faire peur avec des histoires de pirates plus farouches que des croquemitaines reste au cœur de ses préoccupations, un enjeu plus personnel paraît motiver son travail sur Stevenson. Dans « L'homme à la saharienne » qu'on pourra lire à la fin de ce volume (p. 113), Hugo Pratt raconte à quel point ce livre est lié dans son esprit à la fin de son enfance, au souvenir qu'il garde en son cœur de son père lui offrant un exemplaire de *L'Île au trésor* avant de disparaître pour toujours. Ceux qui ont déjà lu le livre de Stevenson s'étonneront peut-être de ne pas voir apparaître dans la bande dessinée de Pratt le père de Jim Hawkins que Stevenson fait mourir dès les premières pages de son livre pour mieux envoyer son jeune héros vers les péripéties qui le feront devenir homme, mais qui est bel et bien présent. On sera sans doute plus sensible à la dimension intime de cette adaptation si l'on considère que ce livre signifie justement la mort d'un père aimé, le dernier cadeau de celui qui n'est jamais revenu, pas même sous les traits du père de Jim Hawkins.

R. L. Stevenson
Pratt – Milani
L'Île au trésor

Au lecteur : pour respecter au mieux l'œuvre originale, les planches de la bande dessinée sont reproduites « à l'italienne » (format rectangulaire dont la largeur est supérieure à la hauteur).

L'ÎLE AU TRÉSOR

1. Année non déterminée du XVIIIe siècle.
2. John Benbow (1653-1702), officier de marine anglais qui s'illustra dans la lutte contre la piraterie.
3. Région située sur le littoral sud-ouest de l'Angleterre.

UN JOUR, IL ME DIT À L'ÉCART...
APPROCHE, TOI. TU VOIS CETTE BELLE PIÈCE ? EH BIEN... C'EST POUR TOI.
POUR MOI ? MERCI, MONSIEUR LE CAPITAINE.
TOUTES LES SEMAINES JE TE DONNERAI UNE PIÈCE SEMBLABLE... TOI, EN ÉCHANGE, TU COURRAS M'AVERTIR SI TU VOIS UN MARIN AVEC UNE SEULE JAMBE RÔDER PAR ICI, COMPRIS ?
AVEC UNE SEULE JAMBE ?
MAIS POURQUOI CETTE LUEUR DE CRAINTE ?
PEUR, MOI... NON CAPITAINE, POURQUOI SERAIS-JE APEURÉ ?
À VRAI DIRE, AU DÉBUT JE N'AVAIS PAS PEUR, MAIS LORSQU'IL COMMENÇA À ME DEMANDER, CHAQUE FOIS QU'IL ME VOYAIT, À VOIX BASSE ET AVEC DES YEUX PLEINS D'ANXIÉTÉ...
HÉ JIM, TU N'AS PAS VU LE MARIN BOITEUX ?
NON, CAPITAINE... ET CE, BIEN QUE J'AIE GARDÉ MES YEUX OUVERTS !
ET C'EST AINSI QUE LA NUIT JE COMMENÇAI À RÊVER DU COFFRE DU MORT, DE BOUTEILLES DE RHUM ET À DES MARINS.
L'AUTOMNE PASSA. PAR UN FROID MATIN D'HIVER...
JE VAIS À LA FALAISE JETER UN COUP D'OEIL À LA MER, JIM... JE REVIENDRAI DÉJEUNER TOUT DE SUITE APRÈS. ENTENDU ?
OUI, CAPITAINE, JE PRÉVIENDRAI MAMAN.

LE CAPITAINE SE FAIT DE PLUS EN PLUS RARE... C'EST L'HEURE DU DÉJEUNER ET IL SORT...
OUI, IL VA À LA FALAISE... MAIS REVIENT TOUT DE SUITE, MAMAN.
PEUT-ON ?
NATURELLEMENT. EN QUOI PUIS-JE VOUS ÊTRE UTILE, MONSIEUR ?
APPORTE-MOI DU RHUM, MAIS JE VEUX D'ABORD TE DEMANDER QUELQUE CHOSE...
CETTE TABLE SERVIE... C'EST POUR MON COMPAGNON BILL ?
BILL ? JE NE SAIS SI...
SÛR QUE C'EST POUR MON BON BILL, CE VIEUX BANDIT... AVANCE, APPORTE-MOI LE RHUM ET VITE.

IL S'INSTALLA DANS LA CHAISE DU CAPITAINE... ET SORTIT UN COUTEAU GRAND COMME UN SABRE.
LE CAPITAINE ENTRA. TOUTEFOIS IL TARDA À LE VOIR. L'HOMME DUT L'APPELER...
BILL !
CHIEN NOIR !
COMMENT ÇA VA, BILL ! TU TE SOUVIENS DE TON VIEUX COMPAGNON DE VOYAGE ?

QUE VEUX-TU DE MOI, CHIEN NOIR ?
DU CALME, BILL, JE VAIS TE LE DIRE... SAUVE-TOI, GAMIN !
JE M'ÉCLIPSAI RAPIDEMENT ET ALLAI RACONTER À MA MÈRE CE QUI SE PASSAIT QUAND NOUS ENTENDÎMES LE CAPITAINE CRIER.
NON, ÇA SUFFIT ! S'ILS ME PENDENT, MOI, ILS VOUS PENDRONT TOUS !
MON DIEU, ILS PARLENT COMME DES ASSASSINS. MAIS... ET TOUT CE BRUIT ? ILS SE BATTENT !
RESTE ICI, MAMAN. JE VAIS VOIR.
STING! GRR! STANG! CLING! AH! GRRR!
HUGO PRATT

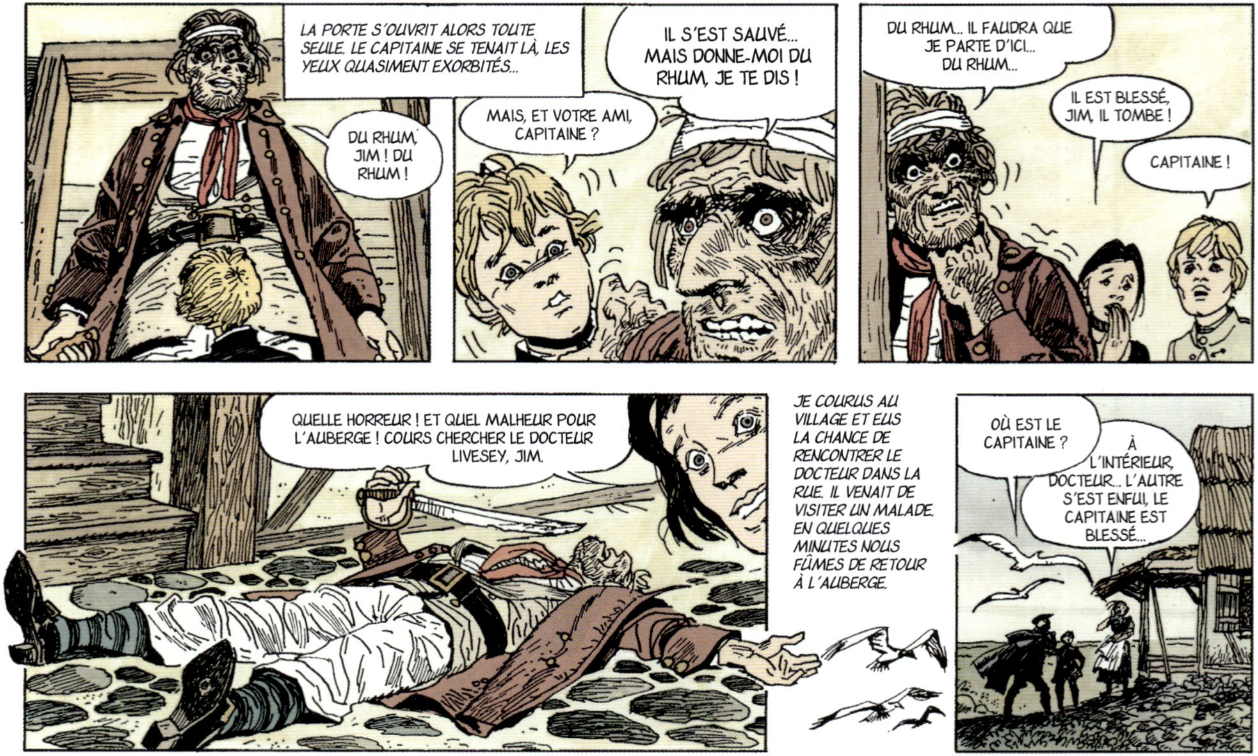
LA PORTE S'OUVRIT ALORS TOUTE SEULE. LE CAPITAINE SE TENAIT LÀ, LES YEUX QUASIMENT EXORBITÉS...
DU RHUM, JIM ! DU RHUM !
MAIS, ET VOTRE AMI, CAPITAINE ?
IL S'EST SAUVÉ... MAIS DONNE-MOI DU RHUM, JE TE DIS !
DU RHUM... IL FAUDRA QUE JE PARTE D'ICI... DU RHUM...
IL EST BLESSÉ, JIM, IL TOMBE !
CAPITAINE !
QUELLE HORREUR ! ET QUEL MALHEUR POUR L'AUBERGE ! COURS CHERCHER LE DOCTEUR LIVESEY, JIM.
JE COURUS AU VILLAGE ET EUS LA CHANCE DE RENCONTRER LE DOCTEUR DANS LA RUE. IL VENAIT DE VISITER UN MALADE. EN QUELQUES MINUTES NOUS FÛMES DE RETOUR À L'AUBERGE.
OÙ EST LE CAPITAINE ?
À L'INTÉRIEUR, DOCTEUR... L'AUTRE S'EST ENFUI, LE CAPITAINE EST BLESSÉ...

1. Geste médical qui consistait à prélever du sang chez un malade en lui ouvrant une veine ou une artère. Jusqu'au XVIIIe siècle, on pensait que cette pratique pouvait améliorer l'état du patient.

IL FALLUT QUE JE LUI AMÈNE DU RHUM. JE DUS NE PAS LE FAIRE TOMBER. TROIS JOURS APRÈS IL SIÉGEAIT DE NOUVEAU SUR SA CHAISE. DÉSORMAIS, IL MANGEAIT AVEC LE SABRE TOUJOURS À PORTÉE DE LA MAIN…
IL N'Y A PERSONNE ICI QUI PUISSE DIRE À UN PAUVRE AVEUGLE OÙ IL SE TROUVE ?
VOUS ÊTES DEVANT L'AUBERGE DE « L'AMIRAL BENBOW », MONSIEUR.
UNE VOIX JEUNE… C'EST UN PLAISIR DE L'ENTENDRE… TU ME DONNES LA MAIN, AMI, COMME CELA JE NE TRÉBUCHERAI PAS MALGRÉ CETTE NUIT ÉTERNELLE QUI EST MIENNE ?
NATURELLEMENT, MONSIEUR… LA VOICI.

ET MAINTENANT, CONDAMNÉ, CONDUIS-MOI JUSQU'À BILL OU JE TE BRISE LES OS !
AH !
PEW !
AINSI TU ES LÀ, HÉ, BILL ? BIEN... J'AI QUELQUE CHOSE POUR TOI... TENDS LA MAIN !
LES YEUX DU CAPITAINE REFLÉTAIENT LA TERREUR... SI BIEN QUE JE PENSAI QUE LA PEUR POUVAIT TUER...
MAINTENANT PRENDS CECI, BILL !

L'INSTANT D'APRÈS L'AVEUGLE COURAIT DANS LE CHEMIN.
AUSSI SÛREMENT QUE S'IL AVAIT EU UNE BONNE VUE...
LA MARQUE NOIRE ! ILS VIENDRONT À DIX HEURES... JE PEUX ENCORE Y ÉCHAPPER !
CAPITAINE !
SI JE ME PRESSE. MAIS... AH !
SOCK!
POURQUOI TOUT CE BRUIT, JIM ? MAIS... MON DIEU ! LE CAPITAINE !
IL EST MORT, MAMAN !

LA MAIN CRISPÉE DU CAPITAINE SERRAIT LE PAPIER REMIS PAR L'AVEUGLE. NOUS VÎMES LA « MARQUE NOIRE »... ET QUELQUES PHRASES BIEN CALLIGRAPHIÉES...
QUE DOIT-IL SE PASSER À DIX HEURES, JIM ?
JE NE SAIS PAS, MAMAN, MAIS NOUS NE POUVONS PAS RESTER ICI. LES HOMMES DU PIRATE FLINT POURRAIENT VENIR. ALLONS-NOUS-EN MAMAN !

1. Bateau à voiles servant à la pêche ou au transport de marchandises.

JE VIENS AVEC TOI, MAMAN !
BRAVO JIM ! BIEN PARLÉ ! MOI, J'IRAI CHERCHER LES DOUANIERS !
DANS UNE DEMI-HEURE, JE SERAI DE RETOUR.
PRENDS CE PISTOLET, JIM !
JE N'OUBLIERAI JAMAIS CE RETOUR, AVEC LE BROUILLARD ET LES MOUETTES QUI CRIAIENT COMME DES POSSÉDÉES... NOUS ENTRÂMES DANS L'AUBERGE ET JE TIRAI LE VERROU... LE CAPITAINE ÉTAIT LÀ, RAIDE MORT.
COURAGE JIM... IL DOIT AVOIR LA CLÉ DANS SA POCHE.

1. Ancienne monnaie anglaise équivalant à un douzième de shilling, c'est-à-dire presque rien.

L'OPÉRATION DEMANDA UN BON MOMENT À MAMAN... SOUDAIN...
DES PAS ! QUELQU'UN VIENT, MAMAN !
MON DIEU ! QUI EST-CE ?
L'AVEUGLE ! IL VEUT ENTRER !
ENFUYONS-NOUS, MAMAN, PAR LA FENÊTRE DE LA CUISINE. LES AUTRES VONT BIENTÔT VENIR !
MAIS, JE N'AI PAS ENCORE CE QU'IL ME DEVAIT !
C'EST SANS IMPORTANCE. AVEC CES CARTES NOUS ARRONDIRONS LA NOTE.
NOUS DESCENDÎMES L'ESCALIER ET GLISSÂMES DEHORS PAR LA FENÊTRE...

MAIS NOUS NE PÛMES ALLER LOIN. CES DERNIÈRES ÉMOTIONS AVAIENT ÉPUISÉ MAMAN...
JE N'EN PEUX PLUS, JIM ! J'AI PEUR...
RESTE LÀ MAMAN, JE REGARDE CE QUI SE PASSE À L'AUBERGE.
JE VIS SEPT OU HUIT HOMMES REJOINDRE L'AVEUGLE ET L'AMIRAL BENBOW.

ILS ONT BARRÉ LA PORTE ! ABATTEZ-LA !
UN PEU PLUS TARD, ILS DÉCOUVRIRENT LE CORPS DU CAPITAINE.
MAIS OUI... C'EST BILL.
IL EST MORT ! FOUILLEZ-LE ET MONTONS CHERCHER LE COFFRE, VITE !
HÉ PEW, IL N'Y A RIEN DANS LE COFFRE. QUELQU'UN EST PASSÉ AVANT NOUS !
ÇA NE SE PEUT PAS ! LA CARTE, LA CARTE DE FLINT !
IL N'Y A PLUS QUE DES VÊTEMENTS !
ET QUELQUE MONNAIE...
AU DIABLE L'ARGENT, NOUS VOULONS LA CARTE !
À COUP SÛR LE GAMIN L'A PRISE. J'AURAIS DÛ LE TUER. VITE, CHERCHONS-LE !
IL FAUT CONTINUER, MAMAN !
JE NE PEUX PAS, JIM. SAUVE-TOI !

ÉCOUTE MAMAN ! DES CAVALIERS VIENNENT !
UN STRIDENT COUP DE SIFFLET TROUA LE BROUILLARD...
DES GENS À CHEVAL, LES GARS. IL VAUT MIEUX NOUS EN ALLER !
COURONS ! CE SONT DES DOUANIERS !
MAIS... OÙ ÊTES-VOUS MISÉRABLES ? NE PARTEZ PAS !
NE PARTEZ PAS !

CHIEN NOIR ! DIRK ! N'ABANDONNEZ-PAS LE VIEUX PEW !... REVENEZ, LÂCHES !...
REVENEZ... AHHH !
LES DOUANIERS, MAMAN ! NOUS SOMMES SAUVÉS !
TU AS DE LA CHANCE, JIM ! JE LES AI RENCONTRÉS À MI-CHEMIN ET JE LES AMÈNE...
CET HOMME EST MORT !

OUI... ET LES AUTRES SE SONT ÉCHAPPÉS... IL FAIT TROP NOIR POUR LES POURSUIVRE.
COURAGE, MAMAN !
L'AUBERGE ! QU'ONT-ILS FAIT ?
ILS ONT TOUT DÉTRUIT ! NOUS SOMMES RUINÉS !
MON DIEU !
ILS N'ONT RIEN LAISSÉ EN PLACE !
QUE CHERCHAIENT-ILS AVEC TANT DE FUREUR ?
JE CROIS QU'ILS CHERCHAIENT CES CARTES, MONSIEUR... ON DEVRAIT LES GARDER DANS UN ENDROIT SÛR.
OUI, VIENS AVEC NOUS... NOUS T'EMMENONS CHEZ MONSIEUR TRELAWNEY, LE COMTE. TU ES PRÊT ?
QUAND VOUS VOUDREZ !

JE L'IGNORAIS, MAIS À PARTIR DE CET INSTANT J'ALLAIS VIVRE UNE GRANDE AVENTURE...
JE REVIENS TOUT DE SUITE, MAMAN !
LE DESTIN FIT QUE NOUS RENCONTRÂMES LE DOCTEUR LIVESEY DÎNANT AVEC MONSIEUR TRELAWNEY ET...
QU'APPORTEZ-VOUS ICI, DANCE, MON AMI ?
QUELQUE CHOSE D'ASSEZ IMPORTANT, MONSIEUR.
DE QUOI S'AGIT-IL ?
LE CHEF DES DOUANIERS NARRA L'ÉVÉNEMENT. ENSUITE, JE ME PRÉSENTAI ET RACONTAI L'HISTOIRE DE LA CARTE...
BIEN, DANCE, VOUS AVEZ FAIT VOTRE DEVOIR. VOUS POUVEZ VOUS RETIRER.
AVEC VOTRE PERMISSION JE REJOINS LA PATROUILLE.

JE M'ATTACHAIS AUX PAS DU DOUANIER, QUAND...
TOI, TU RESTES JIM.
AINSI, LE CAPITAINE T'A PARLÉ DE FLINT ?
OUI, MONSIEUR... IL M'A DIT QUE C'ÉTAIT LE PIRE DES PIRATES QUI AIT JAMAIS PARCOURU LES MERS...
ET IL N'EXAGÉRAIT PAS...
LA BANDE DE FLINT CHERCHAIT CETTE CARTE. POUR QUOI FAIRE ?
LA MEILLEURE FAÇON DE LE SAVOIR, C'EST D'Y JETER UN COUP D'OEIL...
LA CARTE DU TRÉSOR DU CAPITAINE FLINT !
VOUS SAVEZ CE QUE JE PENSE LIVESEY ?

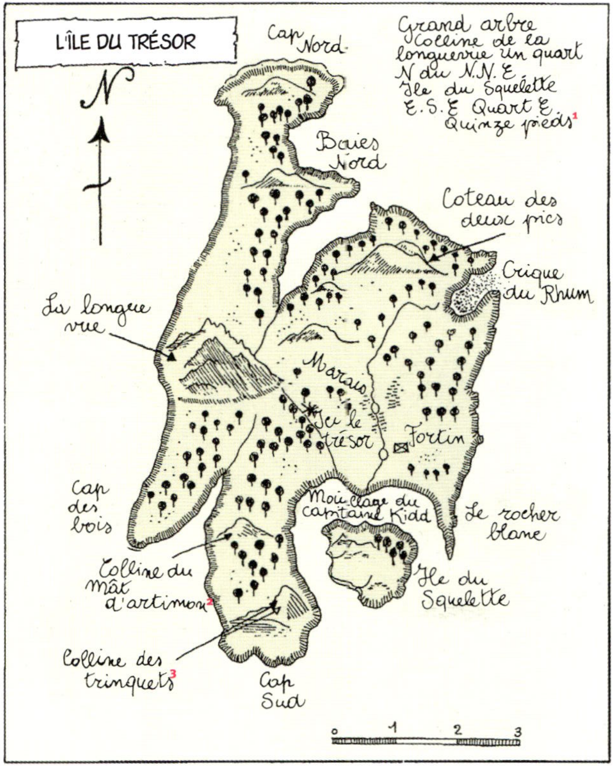

MOI, MOUSSE ! JE CROYAIS RÊVER. MAIS LE RÊVE DEVINT BIEN RÉALITÉ. LE COMTE PARTIT POUR BRISTOL ET DIX JOURS PLUS TARD LE DOCTEUR LIVESEY, DANS LA MAISON DUQUEL J'ÉTAIS DEMEURÉ COMME HÔTE, ME LUT UN COURRIER...

1. Environ 4,5 mètres.
2. Mât situé le plus à l'arrière sur les navires de trois mâts et plus.
3. Mâts de misaine équipés de voiles triangulaires.
4. Port de la côte sud-ouest de l'Angleterre.
5. Navire très rapide, la goélette était le navire préféré des pirates et des flibustiers.

1. Ancien nom de l'île d'Haïti, où Christophe Colomb débarqua pour la première fois en 1492.

« JE VAIS TRÈS BIEN ET J'AI SU GARDER LE SECRET... JE N'AI RACONTÉ L'HISTOIRE DU TRÉSOR QU'À SILVER, LE CUISINIER... »
MAIS ALORS IL VEUT DIRE QU'IL N'A PAS GARDÉ LE SECRET !
NOTRE AMI EST UN INCORRIGIBLE BAVARD, IL N'Y A PAS DE REMÈDE... C'EST FAIT DÉSORMAIS... DEMAIN NOUS ALLONS À BRISTOL.
JE COURUS À L'AUBERGE DIRE ADIEU À MAMAN ET AUX LIEUX DE MON ENFANCE. UNE NOUVELLE VIE S'OUVRAIT DEVANT MOI...
LE DOCTEUR ET MOI VOYAGEÂMES AVEC REDRUTH, HUNTER ET JOYCE, TROIS FIDÈLES SERVITEURS DU COMTE...
ET DEUX JOURS PLUS TARD, NOUS ARRIVÂMES À BRISTOL.
BIENVENUE MES AMIS !

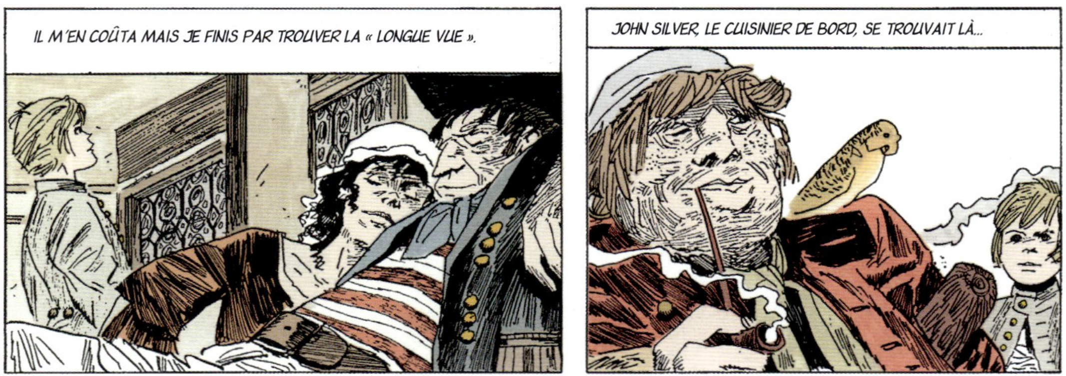

PENDANT UN INSTANT JE RESTAI FIGÉ : IL N'AVAIT QU'UNE SEULE JAMBE, TOUT COMME LE MARIN DE MES CAUCHEMARS... MAIS JE M'APAISAI. IL EST COURANT DE VOIR UN MARIN BOITEUX... EN OUTRE, SA BONNE ET FRANCHE FIGURE N'ÉTAIT PAS CELLE D'UN PIRATE...

VOUS ÊTES JOHN SILVER ?
TU AS DEVINÉ, GARÇON... ET TOI, QUI ES-TU ?
NE ME LE DIS PAS... HÉ QUOI, JE TE CONNAIS ! C'EST CELA. TU ES JIM, NOTRE MOUSSE !
MAIS, J'AI DÉJÀ VU CE VISAGE AVANT ?
« CHIEN NOIR », IL FAUT L'ARRÊTER !
OUI, LE DAMNÉ...
... IL VOULAIT S'EN ALLER SANS PAYER ! BARRE-LUI LE PASSAGE, HARRY !
TOUT DE SUITE PATRON... JE LE RETIENS CE VOYOU !
IL EST PARTI SANS PAYER SON RHUM ! COMMENT DIS-TU QU'IL S'APPELLE ?
« CHIEN NOIR », C'EST L'UN DES PIRATES DU CAPITAINE FLINT, J'EN SUIS CERTAIN.
UN PIRATE DANS MON AUBERGE, QUELLE POISSE !
IL M'A ÉCHAPPÉ PATRON ! IL COURAIT PLUS VITE QU'UN LÉVRIER.

QUELLE MAUVAISE CHANCE... MAIS JE LIS ICI QUE LE COMTE ME RÉCLAME. JE DOIS Y ALLER. TU VIENS AVEC MOI, GARÇON ?
BIEN SÛR, MONSIEUR SILVER !
RIEN DE PLUS CAPTIVANT QUE LA FRANCHISE DE CET HOMME. IL S'OBSTINA À RACONTER AU COMTE TOUS LES DÉTAILS DE L'ÉPISODE « CHIEN NOIR »... IL ME DEMANDA DE CONFIRMER LES FAITS ET NATURELLEMENT JE LE FIS.
J'AI TOUT VU, MONSIEUR ! TOUT S'EST DÉROULÉ COMME ÇA.
BIEN, ÇA N'A AUCUNE IMPORTANCE, DEMAIN NOUS LEVONS L'ANCRE. QUE TOUS SOIENT À BORD À QUATRE HEURES !
À VOS ORDRES, MONSIEUR ! À QUATRE HEURES ILS SERONT TOUS À BORD.
IL ME PLAÎT, CE SILVER.
OUI, JE CROIS QUE C'EST MA MEILLEURE TROUVAILLE... MONTONS À BORD, DOCTEUR !
NOUS ATTEIGNÎMES L'HISPANIOLA AU MOMENT PRÉCIS OÙ LE CAPITAINE SMOLLET FAISAIT RANGER CERTAINES CAISSES ET CERTAINS BARILS...
ALLONS-Y, PORTEZ TOUT VERS LA POUPE, VITE !

1. Partie avant d'un navire.
2. Partie arrière d'un navire.
3. Celui qui fait équiper un navire en vue de son exploitation commerciale ; il s'agit donc ici du comte Trelawney.

PONCTUELS, À QUATRE HEURES DU MATIN, SILVER ET LE RESTE DE L'ÉQUIPAGE MONTÈRENT À BORD...
ILS RESSEMBLAIENT À DES BANDITS MAIS AVAIENT L'AIR EXPÉRIMENTÉ.
LE CAPITAINE NE DIFFÉRENCIA PERSONNE...
À LA CUISINE, SILVER... ET VITE !
À VOS ORDRES, MONSIEUR !
JE NE LUI ÉCHAPPAI PAS...
TOI GARÇON, TU NE DOIS PAS GÊNER... À LA CUISINE POUR AIDER SILVER.
EUH, OUI MONSIEUR...
CE FUT AINSI QUE L'HISPANIOLA PRIT LA MER ET SE DIRIGEA VERS L'ÎLE AU TRÉSOR...

NOUS NAVIGUÂMES DURANT DES SEMAINES À LA RENCONTRE DE L'ÎLE,
LA VIE EN MER ME FASCINAIT, TOUT ME PLAISAIT...
SILVER ÉTAIT TOUJOURS GENTIL AVEC MOI...
APPROCHE-TOI MON GARÇON. VIENS PARLER AVEC LE VIEUX CAPITAINE FLINT ET AVEC MOI.
LE CAPITAINE FLINT ?
OUI, MON PERROQUET... ALLONS, FLINT, MON AMI VOUDRAIT T'ENTENDRE.
PRÉPAREZ-VOUS À L'ABORDAGE !
C'EST UN BANDIT ! IL SE CROIT TOUJOURS AU MILIEU DES PIRATES !
C'EST STUPÉFIANT MONSIEUR !

1. Une grosse vague.

C'ÉTAIT SILVER. IL PARLAIT DE FLINT ! JE ME TINS TRANQUILLE ET CESSAI DE RESPIRER...
SI, JE TE DIS QUE TOUS LES HOMMES À FLINT SONT, POUR AINSI DIRE, ICI, À BORD DE CE DÉBRIS !
ÇA DEVRAIT BIEN SE PASSER, HEIN SILVER ?
ET COMMENT QUE ÇA IRA. JE T'ASSURE QU'ILS ONT TOUS PEUR DE MOI... MÊME FLINT !
TU ES HABILE SILVER ! VIVEMENT QUE VIENNE L'HEURE D'EXPÉDIER LE CAPITAINE ET TOUS LES AUTRES !
BIEN DIT !

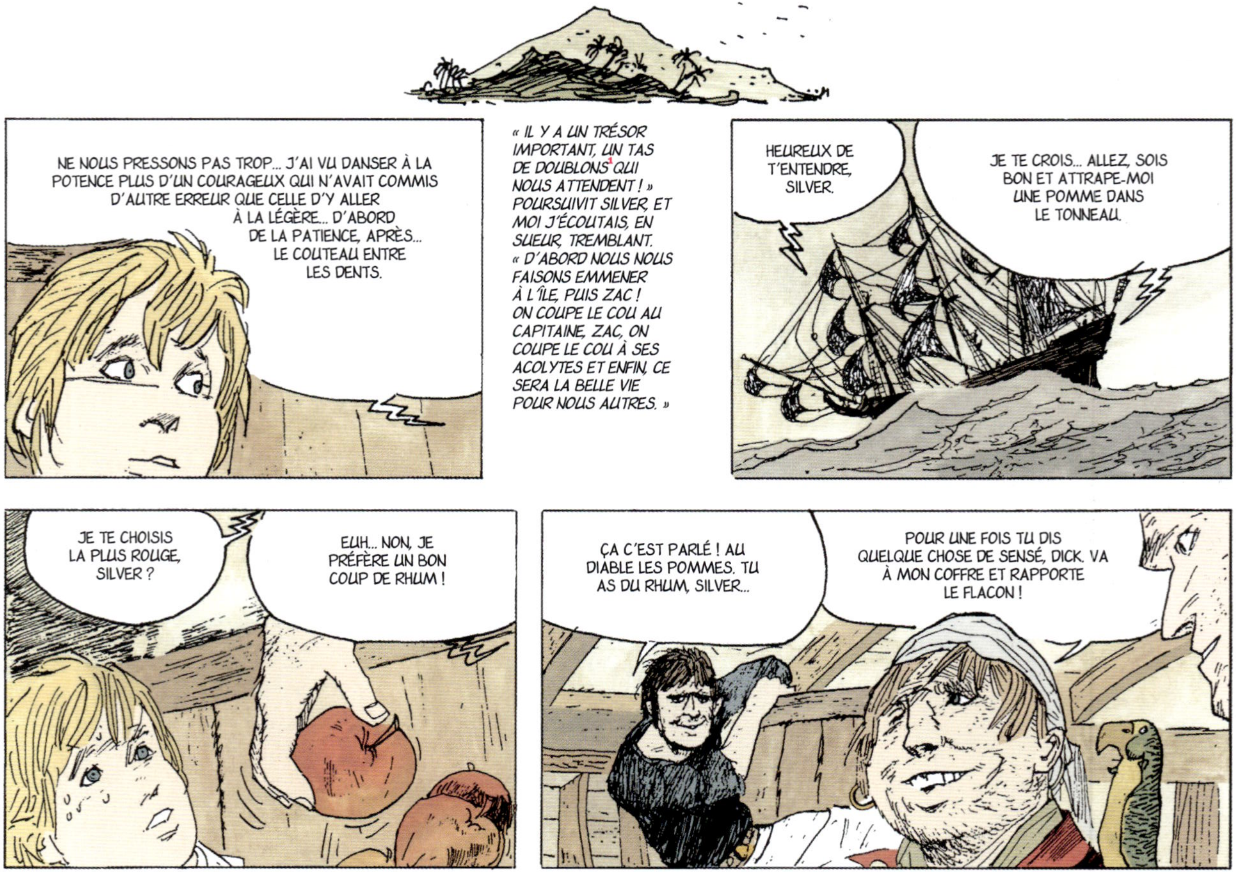

1. Anciennes monnaies d'or des colonies espagnoles d'Amérique.

LES NOUVEAUX TRAÎTRES SE MIRENT À BOIRE... ET MOI LÀ-DEDANS, JE TRANSPIRAIS DE FRAYEUR ET D'ANGOISSE !
TOUT À COUP...
TERRE ! TERRE À BÂBORD ! TERRE !
OUI, C'EST L'ÎLE... NOUS AVONS RÉUSSI. MESSIEURS !
SANS AUCUNE PEINE ET CE MALGRÉ VOTRE PESSIMISME, CAPITAINE !
HOLA, JIM ! QU'EN DIS-TU ? NOUS SOMMES ARRIVÉS !
EUH... OUI, MONSIEUR... MAIS...
J'AI QUELQUE CHOSE DE TERRIBLE À VOUS DIRE, DOCTEUR ! SEULEMENT PAS ICI, DANS LA CABINE !

LE DOCTEUR SE DÉBROUILLA BIEN. IL DIT QUELQUE CHOSE AU CAPITAINE ET PEU DE TEMPS APRÈS...
NOUS SOMMES ARRIVÉS LES GARS ! LE COMTE TRELAWNEY, POUR CÉLÉBRER ÇA, VOUS OFFRE À TOUS UNE DOUBLE RATION DE RHUM.
HOURRA !
DISTRIBUEZ LE RHUM, SILVER ! JE DESCENDS BOIRE AVEC LE COMTE ET LE DOCTEUR.
NOUS BOIRONS À VOTRE SANTÉ À TOUS, MONSIEUR !
TOI, JIM, VIENS BOIRE AVEC NOUS... TU L'AS BIEN MÉRITÉ !
NOUS DESCENDÎMES APRÈS UN INSTANT DE PROFOND SILENCE...
AVANCE, JIM ! QUE DÉSIRES-TU NOUS DIRE ?
JE LEUR CONTAI TOUT CE QUE J'AVAIS ENTENDU DU TONNEAU...
SILVER, UN PIRATE DE FLINT... INCROYABLE !
IL MÉRITERAIT QU'ON LUI PASSE UNE BONNE CORDE AUTOUR DU COU !
QUE FAISONS-NOUS ?
DÉCIDEZ, CAPITAINE... ET EXCUSEZ-MOI SI PAR AILLEURS JE VOUS AI CONTREDIT.

CONTINUONS COMME PRÉVU. ILS NE SE RÉVOLTERONT QUE LORSQUE NOUS AURONS TROUVÉ LE TRÉSOR. QUAND LE MOMENT VIENDRA NOUS SERONS LES PREMIERS À ATTAQUER.
MAIS... COMBIEN D'HOMMES AVONS-NOUS ?
ICI, NOUS SOMMES QUATRE...
IL Y A AUSSI MES TROIS SERVITEURS : REDRUTH, HUNTER, JOYCE.
OH, ÇA FAIT... SEPT CONTRE DIX-NEUF !
QUELQUES MARINS SERONT PEUT-ÊTRE DE NOTRE CÔTÉ...
ÇA SE PEUT... CROIS-TU POUVOIR VÉRIFIER CELA, JIM ?
C'EST QUE... JE PEUX ESSAYER...
BIEN. ALLONS DORMIR, POUR L'INSTANT IL N'Y A PAS DE DANGER...
CEPENDANT JE NE PUS FERMER L'OEIL DE LA NUIT. L'HISPANIOLA TANGUAIT ET JE NE POUVAIS CHASSER DE MON ESPRIT LES DANGERS DU JOUR À VENIR... JUSQU'À CE QUE, ENFIN, L'AUBE ARRIVE.
NOUS JETONS... L'ANCRE, LÀ. DANS CETTE CRIQUE. DESCENDEZ L'ANCRE.
DESCENDEZ L'ANCRE, LES GARS !
LE DOCTEUR ET LE COMTE PARTIRENT À TERRE, EN RECONNAISSANCE. ILS RENTRÈRENT DANS LA SOIRÉE...

LES HOMMES SONT EXCITÉS. JE CROIS QUE LA MUTINERIE PEUT ÉCLATER À TOUT MOMENT. DEMAIN NOUS LAISSERONS LES HOMMES DÉBARQUER.
MAIS... POURQUOI ?
SI TOUS DESCENDENT, NOUS POURRONS NOUS EMPARER DU NAVIRE. SI SEULS QUELQUES-UNS DESCENDENT, SILVER SE CHARGERA DE LES CALMER.
C'EST CELA ! J'EN PROFITERAI POUR ARMER MES SERVITEURS !
APRÈS UNE NUIT D'INSOMNIE...
SI QUELQU'UN DÉSIRE ALLER À TERRE, IL PEUT LE FAIRE. NÉANMOINS, IL FAUDRA RENTRER À LA TOMBÉE DU JOUR !
MERCI, MONSIEUR, LES HOMMES SONT FATIGUÉS...
VIVE LE CAPITAINE, LES GARS ! IL NOUS LAISSE DESCENDRE À TERRE POUR NOUS PROMENER !
HOURRA !

TREIZE HOMMES S'EMBARQUÈRENT DANS DEUX CANOTS. À BORD DE LA GOÉLETTE IL EN RESTAIT SIX...
J'EUS UNE SUBITE INSPIRATION ET JE DÉCIDAI D'ALLER À TERRE MOI AUSSI...
HÉ, JIM, TU DÉSIRES ÉGALEMENT FOULER LE SOL ?
OUI, MONSIEUR SILVER... SI VOUS ME FAITES DE LA PLACE.
BIEN ENTENDU, JIM ! LORSQUE TU SERAS À TERRE, NE T'ÉLOIGNE PAS DE MOI.
OUI, MONSIEUR.
TOUTEFOIS JE N'AVAIS PAS DANS L'IDÉE D'OBÉIR. LA QUILLE TOUCHAIT À PEINE LE FOND, QUE...
HÉ JIM ! VIENS ICI !

JE COURUS À L'INTÉRIEUR DES TERRES LE COEUR FRÉMISSANT DE TERREUR. QU'AVAIS-JE FAIT ? QU'ALLAIS-JE DEVENIR MAINTENANT ?
JUSQU'À CE QUE LA FATIGUE EÛT RAISON DE MOI. J'ÉTAIS CACHÉ DANS LES BROUSSAILLES. FINALEMENT JE DÉCIDAI DE REVENIR.
ENTRE LES BRANCHES J'APERÇUS DEUX CHOSES ÉTENDUES SUR LA PLAGE.
QU'EST-CE ?
C'ÉTAIENT DEUX DES MARINS QUI ÉTAIENT VENUS À TERRE AVEC MOI...
ILS LES ONT ASSASSINÉS !

SANS DOUTE AVAIENT-ILS VOULU RESTER FIDÈLES À LEUR CAPITAINE...
ALORS SILVER LES AVAIT TUÉS...
DE NOUVEAU JE PANIQUAI ET M'ENFUIS AFFOLÉ À L'INTÉRIEUR DES TERRES... SILVER COMMENÇAIT À TUER... BIENTÔT CE SERAIT MON TOUR...
EN PASSANT PRÈS D'UNE COLLINE ROCHEUSE, UN BRUIT ME FIT M'ARRÊTER...
QU'EST-CE QUE C'EST QUE ÇA ?
UN HOMME, UN HOMME À SILVER !
LA FRAYEUR ME CLOUA SUR PLACE... MAIS NON... CE N'ÉTAIT POINT UN HOMME À SILVER !
CE N'EST PAS UN MARIN ! ALORS QUI EST-CE ?

QUOI ?
PITIÉ ! PITIÉ ! POUR LE PAUVRE BEN GUNN !
PITIÉ ? MAIS QUI ES-TU ?
JE TE L'AI DIT, BEN GUNN ! ÇA FAIT TROIS ANS QUE JE VIS SUR CETTE ÎLE !
TROIS ANS... À LA SUITE D'UN NAUFRAGE ?
NON ! CE SONT MES COMPAGNONS QUI M'ONT ABANDONNÉ ICI ! ET TOI, QUI ES-TU ?
JIM HAWKINS.
ÉCOUTE, JIM... LE VAISSEAU QUI T'AMÈNE... CE N'EST PAS CELUI DE FLINT ? HEIN ?!
NON, FLINT EST MORT, NÉANMOINS, SUR LE NAVIRE ET DANS L'ÎLE IL Y A DES HOMMES À LUI... UN DÉNOMMÉ SILVER LES COMMANDE.
SILVER ! ALORS TU ES DES LEURS !

1. Morse, en langue anglaise.

1. Ancêtre du fusil.

VOILÀ, TU CONNAIS MON HISTOIRE, JIM... JE NE VEUX PAS RETOURNER AVEC SILVER. SI APRÈS VOUS M'EMMENEZ EN ANGLETERRE, JE VOUS AIDERAI À DÉJOUER SILVER.
MAIS... COMMENT FERAS-TU ?
DÉSORMAIS JE LE SAIS... VOIS-TU CE ROCHER BLANC ? À SON PIED EST CACHÉ MON CANOË !
UN CANOË ! JE POURRAI RETOURNER AU NAVIRE !
QUAND JE SERAI À BORD JE DIRAI AU COMTE QUE TU... MAIS... ET CELA ?
CRAK CRAK
ILS TIRENT, JIM ! ILS TIRENT ! ILS SE BATTENT !
JE N'EUS PLUS PEUR...
IL FAUT QUE J'AILLE AIDER MES COMPAGNONS !
BONNE CHANCE, JIM ! SI TU PEUX REVENIR ME VOIR, JE SUIS ICI ! JE SUIS TOUJOURS LÀ !
BANG
CRAK
JE COURUS VERS LES COUPS DE FEU... APRÈS DIX MINUTES DE COURSE...
MAIS, C'EST LE DRAPEAU ANGLAIS !

1. Marin d'un grade subalterne qui commandait les matelots sur un navire.

LA CARTE FAIT ÉTAT D'UN FORTIN... VU QUE TÔT OU TARD NOUS DEVRONS AFFRONTER SILVER ET COMPAGNIE, JE CROIS QU'IL SERAIT BON D'ALLER L'OCCUPER SANS TARDER !
NOUS POURRONS Y EMMENER NOS PROVISIONS... NOUS LAISSERIONS HUNTER ET JOYCE COMME GARDES ET NOUS REVIENDRIONS POUR RÉDUIRE LES SIX QUI SONT À BORD. PUIS NOUS ABANDONNERIONS LE NAVIRE... QU'EN PENSEZ-VOUS ?
BONNE IDÉE, DOCTEUR... S'ILS NOUS PRENNENT ICI, LA SOIF NOUS PERDRA.
IL N'Y A PAS D'AUTRE ALTERNATIVE, LIVESEY.
CE FUT AINSI QUE LE DOCTEUR ET LES DEUX SERVITEURS DESCENDIRENT À TERRE DANS UN CANOT CHARGÉ D'ARMES ET DE PROVISIONS...
LE FORTIN FUT SOLIDEMENT OCCUPÉ PAR HUNTER ET JOYCE.
LE DOCTEUR REVINT SANS ENCOMBRES À L'HISPANIOLA...
BIEN, OCCUPONS-NOUS DES SIX COMPÈRES DE SILVER, MAINTENANT !
ALLONS-Y !

1. Partie surélevée d'un navire, ici située à l'avant.
2. Partie basse de la cale d'un navire où s'accumulent les eaux et les ordures.

AVEC VOUS, MONSIEUR !
MAUDIT TRAÎTRE !
MISÉRABLE !
HANDS ET LES SIENS FURENT ENFERMÉS DANS LA SENTINE. LA CHALOUPE SURCHARGÉE SE MIT EN ROUTE POUR L'ÎLE... IL FALLAIT SE HÂTER CAR À TOUT INSTANT SILVER ET SES HOMMES POUVAIENT RÉAPPARAÎTRE.
SACRÉE MARÉE ! ELLE NOUS FAIT PERDRE UN TEMPS PRÉCIEUX !
RAMEZ SANS RELÂCHE... PLUS LÉGÈREMENT !
QU'EST-IL ARRIVÉ À JIM ?
RIEN DE BON, JE LE CRAINS... IL N'AURAIT PAS DÛ COMMETTRE L'IMPRUDENCE DE DESCENDRE...
CE FUT ALORS QUE...
ATTENTION MESSIEURS ! LES MUTINS SE SONT LIBÉRÉS !
ILS VONT AU CANON ! HANDS ÉTAIT L'ARTILLEUR DE FLINT... IL FERA CERTAINEMENT MOUCHE !
C'EST INUTILE DE TE PRESSER, MAUDIT CAPITAINE ! MES DRAGÉES VONT T'ANÉANTIR. DOUCEMENT AVEC CETTE POUDRE, LES GARS !

PRESSONS ! NOUS TARDONS TROP À SORTIR DE SA PORTÉE... QUI DE NOUS TIRE LE MIEUX ?
LE COMTE.
ESSAYEZ DE TOUCHER HANDS ! ARRÊTEZ-VOUS DE RAMER...
JE FERAI CE QUE JE POURRAI...
CRACK !
AH !

VOUS N'AVEZ PAS EU HANDS, MAIS CE FUT QUAND MÊME UN BEAU COUP.
ATTENTION ! ILS ALLUMENT LA MÈCHE !
PARÉ À VIRER !
ILS TIRENT !
RATÉ !
BOOOM !
OUI, MAIS LA BARQUE EST PLEINE D'EAU !
NOUS NOUS ENFONÇONS !
LEVEZ VOS FUSILS ! NE LES LAISSEZ PAS SE MOUILLER !
À LA PLAGE ! LAISSEZ CE QUE VOUS NE POUVEZ EMPORTER ! DÉSORMAIS, À N'IMPORTE QUEL MOMENT, NOUS DEVRONS AFFRONTER SILVER ET LES SIENS !

VITE ! AU FORTIN !
REGARDEZ LA PLAGE MONSIEUR !
CONTINUEZ VOUS AUTRES ! JE LES RETIENDRAI !

LE COMTE TRELAWNEY VISAIT BIEN...
SIL...VER... !
UN MOMENT ! JE VEUX LEUR RENDRE LEUR MONNAIE !
CRACK !
VITE REDRUTH ! REJOIGNONS LES AUTRES !
PAR ICI, COMTE, PAR IC !
ALLONS-Y !
OUI... AHHH... !
COURAGE, REDRUTH ! CE N'EST RIEN !
JE MEURS, MONSIEUR... LAISSEZ-MOI LÀ...

CE FUT AINSI QUE LE DRAPEAU FLOTTA AU-DESSUS DES ARBRES. C'EST CE MÊME DRAPEAU QUI SURPRIT TANT NOTRE AMI JIM HAWKINS.

JE N'HÉSITAI PLUS ! JE SORTIS DU BOSQUET AU PAS DE COURSE ET SAUTAI LA PALISSADE...
NE TIREZ PAS ! C'EST JIM HAWKINS !
QUE T'EST-IL ARRIVÉ JIM ? NOUS TE CROYIONS PERDU !
UN INSTANT !
SILVER A TUÉ DEUX MARINS, DOCTEUR ! ET J'AI RENCONTRÉ UN HOMME QUI...
TU CONTINUERAS TON RÉCIT PLUS TARD, JIM... QUELQU'UN VIENT !
QUI VIENT ? HALTE OU JE FAIS FEU !
NE TIREZ PAS ! C'EST SILVER AVEC UN DRAPEAU BLANC !
QUE VEUX-TU ?
VOUS FAIRE UNE PROPOSITION... SI VOUS NOUS LIVREZ LA CARTE DU TRÉSOR JE VOUS JURE SUR MON HONNEUR QUE PERSONNE TOUCHERA UN SEUL DE VOS CHEVEUX ET...
... ET QUE MAINTENANT TU T'EN VAS SI TU NE VEUX PAS QUE JE TE CRIBLE !
D'ACCORD, JE M'EN VAIS... JE DÉSIRAIS SEULEMENT VOUS SAUVER.

IL EST PARTI...
C'EST SÛR MAINTENANT, ILS VONT ATTAQUER !
MAUVAISE NOUVELLE, MONSIEUR LE COMTE... LE PAUVRE REDRUTH VIENT D'EXPIRER...
JE N'EUS PAS LE TEMPS DE DÉPLORER LA MORT DU BON REDRUTH. JE DUS NARRER MON AVENTURE AVEC BEN GUNN L'EXILÉ...
CROIS-TU QUE NOUS POUVONS NOUS FIER À LUI, JIM !
JE PENSE QUE OUI, MONSIEUR, IL EST TRÈS REPENTANT DE SON PASSÉ... ET IL A UNE PEUR BLEUE DE SILVER !
DEMAIN, NOUS DISCUTERONS POUR SAVOIR SI OUI OU NON, NOUS FERONS APPEL À BEN GUNN... ALLONS DORMIR, À TOUR DE RÔLE. JE SUIS SÛR QUE DEMAIN... NOUS DEVRONS COMBATTRE.
NOUS PÛMES, MALGRÉ TOUT, DORMIR. AU MATIN JE FUS RÉVEILLÉ PAR UNE VIOLENTE DÉTONATION.
HÉ ! QUE SE PASSE-T-IL ? REGARDEZ LÀ-BAS ! SILVER REVIENT AVEC LE DRAPEAU BLANC !
LE CANON FAIT FEU, JIM...
BAM
HÉ VOUS AUTRES ! VOUS ÊTES DÉCIDÉS !
DU CALME SILVER ! QUE DÉSIRES-TU MAINTENANT ?

DERNIER AVERTISSEMENT ! DONNEZ-NOUS LA CARTE DU TRÉSOR ET JE VOUS JURE QUE NOUS PARTIRONS SANS VOUS MOLESTER ET QUE NOUS DIRONS AU PREMIER VAISSEAU QUE NOUS RENCONTRERONS DE VENIR VOUS CHERCHER !
TU AS TERMINÉ, SILVER ?
HIER SOIR VOUS AVEZ TUÉ EN TRAÎTRE L'UN DES NÔTRES... ASSEZ DE TRICHERIES ! VOUS AVEZ UNE HEURE POUR VOUS DÉCIDER... OU VOUS NOUS REMETTEZ LA CARTE, OU NOUS VOUS METTONS EN PIÈCES !
ENFIN IL S'EN ALLA...
UN PIRATE TUÉ TRAÎTREUSEMENT ? JE NE COMPRENDS PAS...
CE DOIT ÊTRE BEN GUNN POUR MONTRER QU'IL EST DE NOTRE CÔTÉ.
VOYONS... AU DÉBUT ILS ÉTAIENT DIX-NEUF... MAIS GRAY EST VENU AVEC NOUS ; SILVER EN A TUÉ DEUX, LE COMTE ÉGALEMENT DEUX ET BEN GUNN UN... CE QUI FAIT QU'IL RESTE QUATORZE INSURGÉS. NOUS AVONS PERDU REDRUTH MAIS GAGNÉ BEN GUNN... ÇA NE VA PAS SI MAL !
À VOS POSTES, SILVER ATTAQUERA DANS UNE HEURE !
L'HEURE PASSA ET LE CANON RETENTIT...
LES VOILÀ !
BOOM

EN AVANT ! QUE TOUS PÉRISSENT !
SILVER !
FLINT !
FEU, MESSIEURS !
CRACK!
CRACK
CRACK!
DU CRAN LES AMIS !
BANG!

AAH !
LA MÊLÉE FUT FÉROCE...
QUAND CE FUT TERMINÉ, SEULS DEUX DES PIRATES POUVAIENT ENCORE S'ENFUIR...
ILS S'ÉCHAPPENT !
IL N'EN RESTE QUE CINQ !

LE PRIX FUT TERRIBLE...
MON PAUVRE JOYCE... MORT !
ILS ONT ÉGALEMENT TUÉ HUNTER...
VOUS ÊTES BLESSÉ CAPITAINE SMOLLETT ?
LAISSEZ-MOI VOIR, CAPITAINE !
NON, CE N'EST RIEN... RENTRONS TOUS. ILS REVIENDRONT BIENTÔT !
CETTE NUIT-LÀ FUT TRÈS PÉNIBLE...
IL FAUT DORMIR, MONSIEUR LE COMTE...
JE NE PEUX PAS... JOYCE, HUNTER, REDRUTH... ÉTAIENT DES AMIS POUR MOI...
DU FOURRÉ DU BOIS NOUS PARVENAIENT LES CHANTS DES MUTINS...
AU MATIN, LE DOCTEUR S'ÉLOIGNA...
MAIS, IL EST FOU, OÙ VA-T-IL ?
JE SUPPOSE QU'IL VA CHERCHER BEN GUNN.

PEU APRÈS, LA CHALEUR, À L'INTÉRIEUR DU FORTIN, DEVINT INSUPPORTABLE. ET AUCUNE TRACE DES RÉVOLTÉS. À CHAQUE INSTANT LA TENTATION DE SORTIR DE CE RÉDUIT SE FAISAIT PLUS PRESSANTE...

ENSUITE JE PARTIS À LA RECHERCHE DU CANOË DU SOLITAIRE...
JE LE TROUVAI PRÈS DU ROCHER QU'IL M'AVAIT INDIQUÉ...
MAINTENANT, IL FAISAIT SOMBRE... JE RAMAI SANS FAIRE DE BRUIT JUSQU'AUX LUMIÈRES DU NAVIRE... PROTÉGÉ PAR UNE NAPPE DE BROUILLARD...
DES VOIX M'ARRIVAIENT DE LA CABINE DE POUPE, DES VOIX D'HOMMES IVRES...
SI HANDS... TU AS LA PIRE TÊTE DE COCHON DE QUARTIER-MAÎTRE QUE JE CONNAISSE !
COURAGE, JIM ! ALLONS JETER UN COUP D'OEIL...
SI ELLE NE TE PLAÎT PAS O'BRIEN, JE PEUX TE TORDRE LE COU, COMME ÇA TU NE LA VERRAS PLUS !

CE QUE JE VIS ME LAISSA SANS VOIX...
C'EST LE MOMENT, JIM !
AU LARGE, L'HISPANIOLA, DÉSORMAIS TU N'AS PLUS D'ANCRE !
SUBITEMENT LIBÉRÉE, LA GOÉLETTE FIT UNE EMBARDÉE...

DANS UN SILENCE DES PLUS COMPLETS, L'HISPANIOLA DÉRIVAIT LENTEMENT... LA FATIGUE EUT RAISON DE MOI, JE M'ENDORMIS DANS MA CACHETTE...

JE M'ARMAI DE COURAGE...
BONJOUR, MONSIEUR HANDS !
JIM HAWKINS ! QUEL MAUVAIS VENT T'AMÈNE ? QUE FAIS-TU LÀ ?
JE SUIS VENU ME CHARGER DU NAVIRE, MONSIEUR HANDS !
PRENDRE LE COMMANDEMENT, HÉ ! TU PROFITES DE CE QUE JE SUIS BLESSÉ !
LA PREMIÈRE CHOSE QUE JE FERAI, MONSIEUR HANDS, SERA...
... DE BAISSER LE DRAPEAU PIRATE !

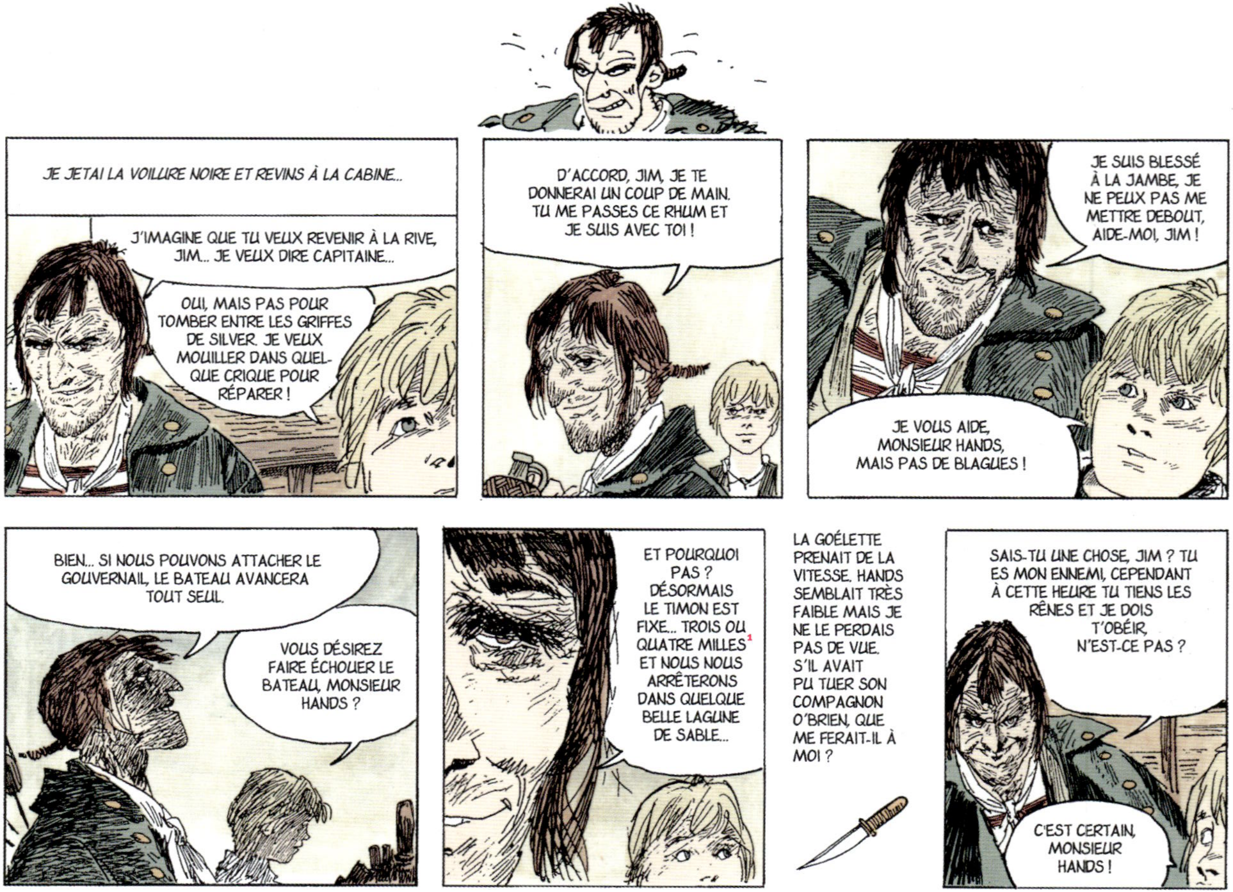

1. Un mille marin équivaut à peu près à 1 850 mètres.

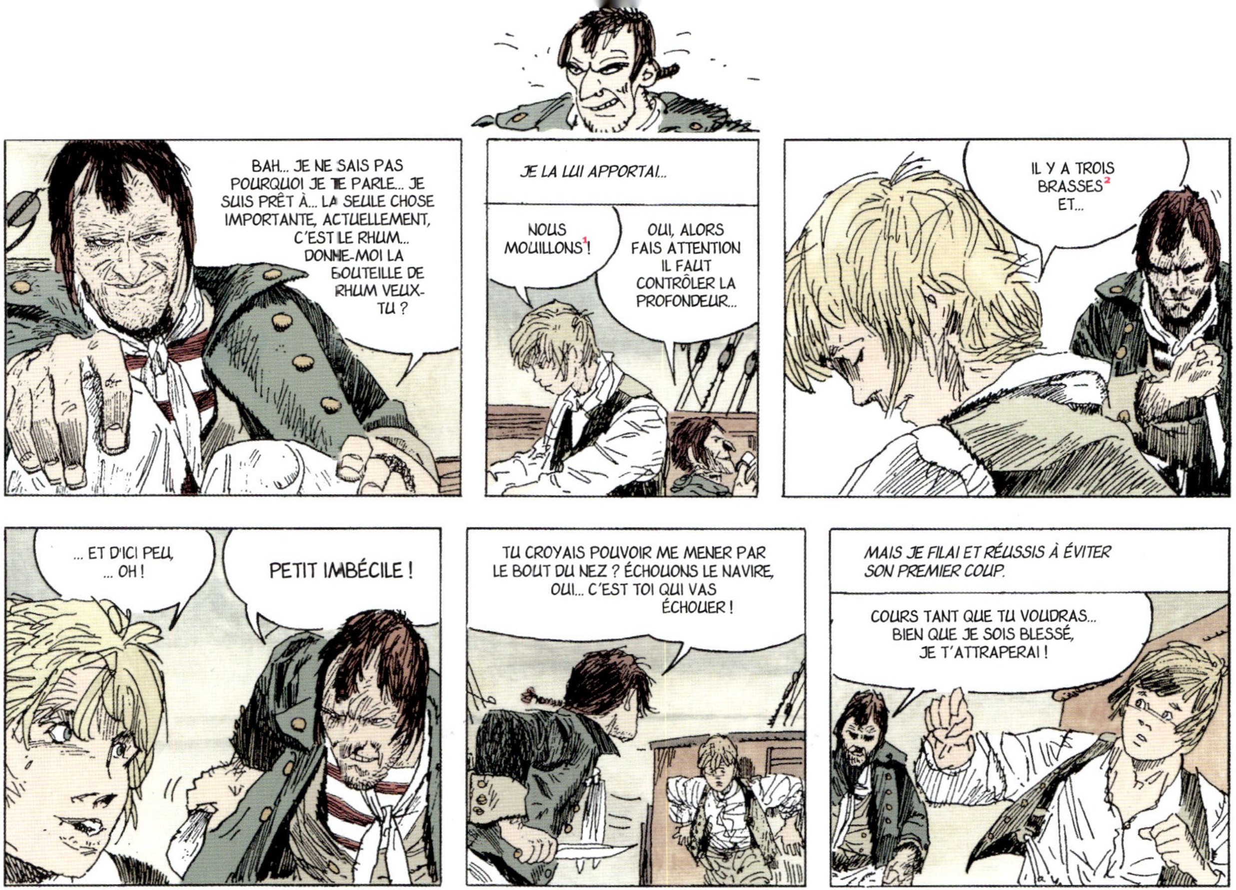

1. Nous nous arrêtons !
2. Approximativement 4,8 mètres de profondeur.

IL A RAISON. IL ARRIVE À ME SUIVRE. IL M'AURA. IL NE ME RESTE PLUS QU'UNE ÉCHAPPATOIRE : LES CORDAGES !
BIEN QUE TU MONTES AU GRAND MÂT TU ES TOUJOURS À MA MERCI... JE TE TIENS MON TOUT PETIT !
JE CONTINUAI À MONTER, À MONTER... JE NE POUVAIS PLUS ALLER PLUS LOIN... MAIS VITE JE ME DÉCIDAI...
... À SORTIR MES PISTOLETS...
ARRÊTEZ-VOUS MONSIEUR HANDS ! ARRÊTEZ OU JE TIRE !
ALLONS, JIM, NE LE PRENDS PAS COMME ÇA... C'EST UNE PLAISANTERIE, REGARDE, JE PRENDS LE COUTEAU ET...
... JE TE L'ENVOIE !

AH !
BANG! BANG!
UNE DOULEUR ÉPOUVANTABLE À L'ÉPAULE... LES PISTOLETS ME TOMBÈRENT DES MAINS MAIS ILS NE TOMBÈRENT PAS TOUT SEULS...

JE N'EUS PLUS QU'UNE SEULE PENSÉE, ME SAUVER. JE DESCENDIS LENTEMENT JUSQU'AU PONT. L'HISPANIOLA S'ÉTAIT ÉCHOUÉE, IL Y AVAIT QUELQUE CHOSE DE CASSÉ À BÂBORD...
LE COUTEAU DE HANDS M'AVAIT SIMPLEMENT MEURTRI LA PEAU. J'ARRIVAI, À LA TOMBÉE DE LA NUIT, À LA LISIÈRE...
MAINTENANT... AU FORTIN !
LA CLARTÉ DE LA LUNE M'AIDA À ME DIRIGER... JE FUS RAPIDEMENT EN VUE DU FORTIN...
TIENS, C'EST ÉTRANGE... IL N'Y A PERSONNE DE GARDE...
DOCTEUR, CAPITAINE... C'EST MOI, JIM !

1. Maltraiter.

NON… ILS ONT DIT QU'ILS NE TE VOULAIENT PLUS, QUE ÇA FAISAIT LA DEUXIÈME FOIS QUE TU LES ABANDONNAIS…
ASSEZ CAUSÉ SILVER ! QU'ATTENDONS-NOUS POUR LUI COUPER LE COU ?
AVANT DE ME TUER, MISÉRABLES, SACHEZ QUE C'EST MOI QUI AI DÉROBÉ LE VAISSEAU ! C'EST MOI QUI AI RETIRÉ LA CARTE DU COFFRE DE BILL ! ET C'EST MOI QUI AI PRÉVENU LE CAPITAINE DE LA MUTINERIE !
MAINTENANT NOUS POUVONS LE TUER !
DU CALME, MORGAN ! RAPPELLE-TOI QUE C'EST MOI QUI COMMANDE ICI !
MAIS… SILVER…
ASSEZ RONCHONNÉ ! VOUS SAVEZ QUE JIM ME PLAÎT, MÊME S'IL A FAIT TOUT CE QU'IL DIT ! QUE PERSONNE NE S'AVISE DE LE TUER ! COMPRIS !
TU COMMANDES, SILVER… MAIS PLUS POUR LONGTEMPS…
VENEZ LES GARS, ALLONS EN DÉLIBÉRER ENTRE NOUS.
ALLEZ DÉLIBÉRER TOUT CE QUE VOUS VOUDREZ ! VOUS N'ÊTES PAS DES PIRATES, MAIS DES POULES MOUILLÉES !

SILVER ET MOI RESTÂMES SEULS...
IL ME SEMBLE, JIM, QUE NOUS SOMMES DANS DE BEAUX DRAPS.
COMMENT ?
OUI... DANS QUELQUES MINUTES JE NE SERAI PLUS LE CHEF...
ET... ET ALORS ?
TU M'AIDERAS ET JE T'AIDERAI... À PARTIR D'AUJOURD'HUI JE RENONCE AU TRÉSOR... ET JE SUIS DE VOTRE CÔTÉ. ET S'IL Y A UN PROCÈS TU FERAS DES DÉCLARATIONS EN MA FAVEUR. TU ES D'ACCORD ?
JE FERAI CE QUE JE POURRAI...
BIEN PARLÉ ! MAIS... LES VOILÀ !
PRENDS, SILVER, AU NOM DE TOUS !
LA MARQUE NOIRE. AINSI JE SUIS DESTITUÉ. BIEN. COMME VOUS VOUDREZ...
MAIS... MALHEUREUX, VOUS AVEZ ARRACHÉ UNE PAGE DE LA BIBLE ! MÉCRÉANTS, VOUS NE SAVEZ PAS QUE ÇA PORTE MALHEUR !
JE VOUS L'AVAIS DIT...
TAIS-TOI !

JE NE RÉUSSIS PAS À DORMIR. JE ME TROUVAIS AUX MAINS DES PIRATES ET MA VIE NE TENAIT QU'À UN FIL. POURQUOI MES COMPAGNONS AVAIENT-ILS CÉDÉ LA CARTE À SILVER ? OÙ ÉTAIENT-ILS ? ET POURQUOI AVAIENT-ILS RENONCÉ À LUTTER ?

AU MATIN, UNE VOIX NOUS RÉVEILLA !
HÉ, DU FORTIN ! JE SUIS LÀ !
MAIS... C'EST LA VOIX DU DOCTEUR !
TU AS DEVINÉ, JIM. LE DOCTEUR VIENT S'OCCUPER DE TOM QUI EST BLESSÉ. C'EST CE QUE NOUS AVONS CONCLU DANS NOTRE TRAITÉ.
VOUS NE SAVEZ PAS DOCTEUR QUI NOUS AVONS ICI ? EH BIEN JIM HAWKINS !
COMMENT ? JIM EST LÀ ?
JE VOUDRAIS LUI PARLER !
ENTENDU. TOUTEFOIS, VOYEZ TOM AVANT, HEIN ?

LE DOCTEUR ENTRA, ME SALUA BRIÈVEMENT DE LA TÊTE, PUIS SE PENCHA SUR LE MALADE...
PUIS...
ÉCOUTEZ SILVER, LAISSEZ-MOI MAINTENANT PARLER AVEC LE GARÇON !
NE VOUS FÂCHEZ PAS DOCTEUR. CE N'EST PAS PAR MANQUE DE CONFIANCE, NÉANMOINS JE VOUDRAIS QUE JIM ME JURE QU'IL N'ESSAIERA PAS DE S'ENFUIR...
JE DUS JURER. NOUS SORTÎMES, MAIS SILVER, UN PEU PLUS LOIN, RESTA VIGILANT.
TU AS FAIT UNE BÊTISE EN TE SAUVANT, JIM.
JE SAIS DOCTEUR MAIS...
TU N'AURAIS PAS DÛ T'ÉCHAPPER. TU SAVAIS QUE LE CAPITAINE ÉTAIT MALADE !
OUI DOCTEUR... MAINTENANT JE SUIS PUNI : À N'IMPORTE QUEL MOMENT ILS PEUVENT ME TUER, SILVER EST MON UNIQUE CHANCE.
JE NE TIENS PAS À MOURIR. S'ILS ME TORTURENT JE NE SAIS SI...
S'ILS TE TORTURENT ? POURQUOI TE TORTURERAIENT-ILS ?

POUR QUE JE LEUR DISE OÙ EST CACHÉE L'HISPANIOLA.
ALORS… C'EST TOI QUI L'AS EMMENÉE ? COMMENT AS-TU FAIT MON GARÇON ?
JE VOUS LE DIRAI TOUT À L'HEURE. DITES-MOI POURQUOI…
TU NOUS AS SAUVÉ LA VIE, JIM ! PARDONNE-MOI CE QUE JE VIENS DE TE DIRE !
FINI DE DISCUTER, DOCTEUR… VOUS SAVEZ DÉSORMAIS OÙ EN SONT LES CHOSES N'EST-CE PAS ?
C'EST CELA SILVER… ET JE TE DONNE UN CONSEIL…
AIDE JIM ET JE TE PROMETS QUE TU NE SERAS PAS INCULPÉ. ET TIENS LES YEUX BIEN OUVERTS QUAND TU TROUVERAS LE TRÉSOR !
VOUS SAVEZ DOCTEUR QUELLE TROUPE DE COMPAGNONS J'AI… SI VOUS POUVIEZ CONNAÎTRE LEURS PROJETS…
JE REGRETTE SILVER, CE N'EST PAS POSSIBLE, BONNE CHANCE JIM !
HÉ, SILVER ! LE DÎNER EST PRÊT !
ALLONS-Y, JIM ET NE ME QUITTE PAS ! TU SAIS QUE NOUS JOUONS NOS TÊTES ?
OUI, JE LE SAIS !

PENDANT LE REPAS JE NE PUIS PENSER À AUTRE CHOSE... POURQUOI MES AMIS AGISSAIENT-ILS AINSI ? POURQUOI AVAIENT-ILS RENONCÉ AU TRÉSOR ? ET POURQUOI M'AVAIENT-ILS ABANDONNÉ ?

SOUDAIN...
SILVER ! LES GARS ! VENEZ VITE !
NOUS COURÛMES MAIS SILVER AVAIT RAISON : IL NE S'AGISSAIT PAS DU TRÉSOR...
LE TRÉSOR ! LE TRÉSOR !
DU CALME. LE TRÉSOR NE PEUT PAS ÊTRE ICI !
COURONS VITE !
OH... C'EST UN SQUELETTE !
HÉ ! QU'EN DITES-VOUS ?
D'APRÈS LES RESTES DE CORDES, CE DEVAIT ÊTRE UN MARIN...
ET QUI CROYAIS-TU RENCONTRER ? UN ÉVÊQUE ? MAIS... UN INSTANT ! VOUS NE LUI TROUVEZ RIEN DE SPÉCIAL !

EFFECTIVEMENT LE SQUELETTE ÉTAIT DANS UNE POSITION ÉTRANGE. ALLONGÉ ET DIRIGÉ COMME L'AIGUILLE D'UNE BOUSSOLE.
QUELQUE CHOSE D'ÉTRANGE... QUOI ?
FAITES-MOI VOIR, CHERCHONS LA POSITION EN SUIVANT LA DIRECTION EXACTE.
EST SUD EST !... C'EST UN HOMME À FLINT... JE SUIS SÛR QUE FLINT L'A MIS LÀ COMME BORNE INDICATRICE !
FLINT ÉTAIT CAPABLE DE TOUT !
C'EST VRAI QU'IL A TUÉ LES SIX QUI L'ACCOMPAGNAIENT POUR CACHER LE TRÉSOR ?
IL SEMBLE QUE OUI !
DE TOUTE FAÇON, FLINT EST MORT... ET UN CHIEN MORT NE MORD PAS !
IL EST MORT, POURTANT...
BIEN QUE MORT, FLINT ME FAIT TOUJOURS PEUR !

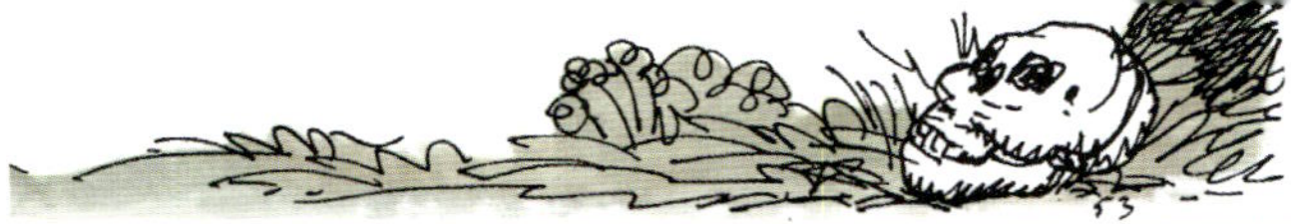

1. Ville de Georgie fondée au début du XVIIIe siècle et située sur la côte sud-est des États-Unis.

CE FURENT LES DERNIÈRES PAROLES DE FLINT AVANT DE MOURIR ! FUYONS COMPAGNONS !
ÉCOUTEZ...
PAR TOUS LES DIABLES ! OÙ EST LE RHUM, DERBY ?
MINUTE, BANDE D'IDIOTS ! C'EST LA VOIX D'UN HOMME EN CHAIR ET EN OS !
DU CALME JE VOUS DIS ! VOUS N'ENTENDEZ PAS L'ÉCHO ? DEPUIS QUAND UNE VOIX DE FANTÔME A-T-ELLE UN ÉCHO ?
QUE VEUX-TU DIRE SILVER ?
QUE SI ÇA C'EST LA VOIX DE FLINT, MOI JE SUIS UN JOUEUR DE HARPE... VOUS SAVEZ À QUI APPARTIENT CETTE VOIX ? À BEN GUNN !

MAIS COMMENT BEN GUNN PEUT-IL ÊTRE ICI, S'IL EST MORT DEPUIS LONGTEMPS ?
IL EST MORT, OUI, TOUTEFOIS QUI A PEUR DU SPECTRE DE BEN GUNN ?
C'EST VRAI, JE N'AI PAS PEUR DE BEN GUNN.
MOI NON PLUS !
CONTINUONS SILVER.
NOUS POURSUIVÎMES LENTEMENT. IL Y AVAIT TROIS ARBRES AU SOMMET DE LA COLLINE. SILVER EN SITUA DEUX À L'AIDE DE LA BOUSSOLE MAIS ILS NE COÏNCIDAIENT PAS.
IL NE RESTE QU'UN SEUL ARBRE, SILVER...
OUI, ET CE DOIT ÊTRE CELUI-LÀ. ALLONS-Y LES GARS. JE SENS DÉJÀ LE PARFUM DES DOUBLONS !
NOUS NOUS MÎMES TOUS À COURIR. NOUS TRAVERSÂMES UN PETIT BOIS...
LE TRÉSOR EST À NOUS, MAINTENANT !
AIDE-MOI JIM ! N'OUBLIE PAS QUE TU ES MON PRISONNIER !
BIEN QUE SILVER SE PRESSÂT AUTANT QU'IL LE PUT, NOUS RESTÂMES EN ARRIÈRE. MORGAN ET LES AUTRES ARRIVÈRENT LES PREMIERS AU PIED DE L'ARBRE...

SILVER ! SILVER !
JE VIENS ! JE VIENS !
QUE SE PASSE-T-IL ? VOUS AVEZ TROUVÉ QUELQUE CHOSE ?
MAIS... NON ! C'EST PAS POSSIBLE !

1. Ancienne monnaie anglaise fabriquée avec de l'or de Guinée (Afrique).

1. Ne pouvait tomber mieux.

NOUS AVONS PROMIS DE NE PAS VOUS INCULPER... POURTANT VOUS DEVEZ AVOIR L'ÂME PLUS NOIRE QUE L'ENFER !
MERCI BEAUCOUP MONSIEUR ET AVEC VOTRE PERMISSION JE POURSUIVRAI DORÉNAVANT MES DEVOIRS DE BON MARIN...
SALUT, JIM ! IL PARAÎT QUE NOUS TE DEVONS ENCORE LA VIE...
IL FAUT ME PARDONNER, CAPITAINE, DE M'ÊTRE SAUVÉ DEUX FOIS !
ASSEZ PARLÉ, ENTRONS !
LE TRÉSOR DU CAPITAINE FLINT !
OUI, APRÈS L'AVOIR CHERCHÉ PENDANT TROIS ANS, BEN GUNN AVAIT TROUVÉ LE TRÉSOR... C'EST POUR CELA QUE MES AMIS AVAIENT DÉLAISSÉ LE FORTIN ET REMIS LA CARTE À SILVER. ILS SAVAIENT QU'ELLE N'AVAIT PLUS AUCUNE VALEUR.
JE TE CONFESSE, JIM, QUE JE ME RETIENS DE PLEURER EN VOYANT TANT D'OR...

QUAND NOUS FÛMES PRÊTS...
IL RESTE TROIS PIRATES SUR L'ÎLE... MAIS MIEUX VAUT LES LAISSER ICI ! EN ANGLETERRE ILS LES PENDRAIENT !
SAINTES PAROLES MONSIEUR ! MIEUX VAUT LA VIE SUR UNE ÎLE DÉSERTE QUE LA POTENCE DANS UNE GRANDE VILLE !
NOUS ABANDONNÂMES UNE GRANDE QUANTITÉ DE POUDRE ET DE PROVISIONS SUR LA PLAGE ET NOUS LEVÂMES L'ANCRE.
PRÊTS ! PRÉPAREZ-VOUS À L'ABORDAGE !
CAPITAINE FLINT ! MON VIEIL AMI !
LE RESTE DE MON HISTOIRE MANQUE D'INTÉRÊT MAINTENANT. NOUS TOUCHÂMES UNE CÔTE DU BRÉSIL AFIN DE RECRUTER QUELQUES MARINS ET SILVER EN PROFITA POUR S'ÉCHAPPER. IL EMMENA SON PERROQUET... ET UN SAC DE PIÈCES D'OR.
HÉ, NE PARLE PAS FLINT ! OU ILS NOUS PRENDRONT !
ET ENFIN VINT LE JOUR OÙ NOUS APERÇÛMES LA HAUTE ET BRUMEUSE CÔTE DE SOMERSET. J'APERCEVAIS LÀ-BAS, SUR LA FALAISE, LE TOIT DE L'AUBERGE DE L'AMIRAL BENBOW ET MA MÈRE QUI NOUS FAISAIT SIGNE AVEC UN MOUCHOIR...
Admiral Benbow

Après-texte

Incipit

Lire

1 Page 9, case 1 : à quelle époque et à quel endroit se situe le récit ? Relevez dans le texte ce qui est précis, ce qui reste évasif et ce qui est suggestif. Quelle atmosphère est ainsi instaurée ?

2 Remarquez la forme de l'encadré dans lequel s'inscrit le texte. À quoi cela peut-il faire penser ?

3 Comparez la première et la dernière case de l'album. Que remarquez-vous en ce qui concerne l'image et le texte ? Comment interprétez-vous ces choix ?

4 Case 2 (p. 9) : quel événement marque pour le narrateur le début de l'histoire ?

5 Comment le lecteur perçoit-il le personnage qui apparaît dans les cases 3 et 4 (p. 9) ?

6 Qui raconte l'histoire ? Quels sont les indices de sa présence dans le texte (p. 9) ?

7 À quel moment aperçoit-on dans l'image le narrateur ? À quelle page et comment apprend-on son prénom ? Quel âge peut-il avoir ?

8 Page 9, case 2 : que présuppose l'expression « aujourd'hui encore » ? Est-ce un enfant qui raconte l'histoire ? Le narrateur est-il l'auteur ? Expliquez la situation d'énonciation de cet incipit.

9 Quels sont les extraits de textes (p. 29, case 1 et p. 33, case 3) que vous pourriez mettre en relation avec la question précédente ? Que produisent-ils sur le lecteur ? Comment s'appelle cette figure de style et quelle est sa fonction ?

10 Page 10 : quel marché le capitaine passe-t-il avec le narrateur ? À votre avis, celui-ci est-il inquiet ou plutôt ravi de ce pacte ? Justifiez avec des exemples pris dans le texte et l'image.

À SAVOIR

PROLEPSE

Le narrateur peut choisir d'introduire des ruptures temporelles dans le récit par des retours en arrière ou des anticipations. La prolepse évoque ainsi des faits postérieurs à l'intrigue. Elle joue un rôle d'annonce à destination du lecteur, éveillant notamment sa curiosité. En même temps, la prolepse modifie les enjeux de la narration en déplaçant l'objet du suspense. Enfin, dans le cadre d'une narration à la première personne, la prolepse souligne la distinction entre narrateur et héros.

ZOOM

L'ENCADRÉ NARRATIF

Situé dans une petite bande verticale appelée aussi « cartouche », au bord de la vignette ou inséré dans la case, l'encadré narratif ou récitatif donne des indications de temps et de lieu ou précise des informations permettant une meilleure compréhension de l'action. Il permet ainsi des raccourcis ou des ellipses. Dans certains cas, il peut, comme ici, contenir la « voix » du narrateur, permettant d'accéder aux pensées intérieures de Jim et de retranscrire certains extraits du roman qui ne sont pas mis en images (y compris des dialogues rapportés entre guillemets).

11 Analysez la case 3 (p. 10). Que suggère-t-elle des relations entre Jim et le capitaine ?

12 Distinguez les deux types de textes présents dès la première page en précisant leur emplacement par rapport aux images. Que remarquez-vous concernant la typographie de ces textes ? Quelles conclusions peut-on en tirer ?

13 Quels sont les temps utilisés dans les commentaires narratifs ? Que soulignent-ils de nouveau ?

14 Quel est le rôle des commentaires narratifs (*cf.* encadré « Zoom ») ?

15 Que remarquez-vous en haut des pages de toute la bande dessinée ? Quels rapports peut-on établir entre ces éléments et la page de bande dessinée ? Justifiez avec un exemple précis.

16 Quel sens peut-on leur attribuer ? En quoi peut-on parler d'icône ?

17 Que remarquez-vous concernant le format de cette bande dessinée ? Comment s'appelle ce type de format ? Cherchez l'origine possible de cette expression.

Écrire

18 Après lecture des deux premières planches, imaginez le passé et les motivations du capitaine. Que peut-il bien être venu faire dans cet endroit reculé ?

Chercher

19 Quel est le nom donné à la bande dessinée en Italie ? Pourquoi ?

Débattre

20 Jim apparaît-il comme un garçon peureux ou comme un futur aventurier ? Argumentez en vous appuyant sur des exemples précis tirés des six premières pages.

Arrêt sur image

21 Décrivez la scène représentée. En quoi la composition de l'image complète-t-elle le commentaire narratif ?

Adaptation d'un roman en BD

Lire

Page 9

1 Comparez le commentaire narratif de la case 1 avec la première page du roman (reproduite page 112). Quelles transformations remarquez-vous ? Comment les interprétez-vous ? Qu'est-ce que le roman confirme par rapport à la bande dessinée ?

2 Case 2 : quels sont les éléments du roman conservés ou transformés dans la bande dessinée (texte et image) ?

3 Quelle scène présente dans le tout début du roman l'auteur de la bande dessinée a-t-il choisi de ne pas restituer ? Pourquoi à votre avis ?

4 En quoi la chanson entonnée par le capitaine lors de son arrivée est-elle importante ?

5 À quel moment le portrait du capitaine intervient-il dans le roman et dans la bande dessinée ? Pourquoi cette différence ?

6 Case 4 : comment le capitaine apparaît-il ? Expliquez les choix opérés par le dessinateur en matière de plan et cadrage.

7 Dans le roman, qu'apprenons-nous de plus sur le portrait physique du capitaine ? Quelle impression générale a-t-on de lui ? Trouvez-vous que la bande dessinée retranscrit bien cette impression ?

8 Cases 3, 4 et 5 : relevez précisément les extraits du roman qui apparaissent dans les dialogues de la bande dessinée.

9 Ligne 50 (« il était ordinairement... ») à ligne 76 (« l'homme de mer à une jambe »), relevez dans le roman toutes les locutions temporelles. De quoi est-il question dans ce paragraphe ? Quel est le temps utilisé ? Quelle en est la valeur ? Que retient la bande dessinée du comportement du capitaine ? Par quel moyen ?

Pages 13 et 14

10 Quelles différences et quelles ressemblances notez-vous entre la scène telle qu'elle est restituée par la bande dessinée et celle que propose le roman ? Par quel sens Jim perçoit-il la scène ?

11 Page 14 : quels sont les événements exposés ?

12 Page 14 : quelle scène du roman n'est pas restituée dans la bande dessinée ? Comment l'auteur de la bande dessinée nous informe-t-il du contenu de cette scène ? Comment s'appelle cette figure de style qui

ZOOM

LE HORS CHAMP

Le champ délimité par le cadre est la portion d'espace que le dessinateur donne à voir au lecteur. Par opposition, le hors champ, espace invisible mais présupposé par un élément du champ (le son dans la vignette ci-contre), est imaginé par le lecteur. La scène n'est pas montrée mais suffisamment suggérée pour qu'elle existe dans l'esprit du lecteur. Utilisé pour créer un effet d'attente et de suspense, le hors champ est un espace de frustration qui stimule l'envie d'en savoir plus : il excite l'imaginaire du lecteur qui doit deviner ou interpréter ce qu'il ne peut voir.

consiste à supprimer une scène pour produire un effet de raccourci ?

13 Comment le docteur Livesey est-il introduit dans le roman et dans la bande dessinée ?

14 Comparez plans et cadrages des cases 1 et 4, page 14. Que pouvez-vous en conclure sur l'image que l'auteur veut nous donner du capitaine ?

15 Case 4 : quel est le rôle de l'insertion du visage de la mère et de son commentaire ?

16 Que pouvez-vous conclure sur l'adaptation d'un roman en bande dessinée ? De quels moyens les auteurs disposent-ils pour adapter ?

À SAVOIR

CARACTÉRISATION DU PERSONNAGE

La caractérisation du personnage peut être explicite : le narrateur dresse un portrait physique du personnage révélateur de sa personnalité ou de son mode de vie (ici les balafres de Bill Bones en disent long sur son passé). Elle est aussi implicite : le personnage se révèle au lecteur par ce qu'il fait (actions, comportement, relations aux autres), par ce qu'il dit et la façon dont il parle (vocabulaire, niveau de langue, teneur du discours). Le point de vue des autres personnages peut aussi compléter notre connaissance du personnage.

Écrire

17 Vous êtes scénariste pour la télévision. Vous adaptez *L'Île au trésor*. Écrivez le *story board* des premiers instants de votre film en précisant vos choix (cadrages, plans et dialogues).

Chercher

19 *L'Île au trésor* a inspiré bien des films, dessins animés, bandes dessinées, mangas et jeux vidéo. Recherchez quelques-unes de ces adaptations et présentez-les.

Arrêt sur image

18 Voyons-nous la scène de l'empoignade entre les deux pirates ? Comment s'appelle ce procédé ? Que remarquez-vous à propos du décor en arrière-plan ? Pourquoi l'auteur a-t-il recours à ce procédé ? Comment s'appelle le texte qui apparaît hors des bulles et sur quoi nous renseigne-t-il ? Quel autre élément textuel apparaît ?

Les différents visages de Silver

Lire

1 À quelle page parle-t-on pour la première fois de Silver ? Son nom est-il mentionné ? Quel effet cela produit-il sur le lecteur ? Quel sentiment semble animer le personnage qui l'évoque ?

2 Page 32 : quel est le premier personnage à rencontrer Silver ? Par quel moyen informe-t-il les autres personnages de cette rencontre ? Quel portrait fait-il de lui ?

3 Par quels procédés le dessinateur représente-t-il Silver ? (p. 32) Quel effet cela produit-il ?

4 Pages 34-36 : quelles sont les réactions de Jim lors de sa rencontre avec Silver ? Quels qualificatifs emploie-t-il pour le décrire ? Sur quel trait de caractère le narrateur insiste-t-il ? En quoi cela peut-il paraître ironique ?

5 Pages 35-40 : qui Jim reconnaît-il à l'auberge ? Par quelle astuce Silver permet-il à ce personnage de s'échapper ? Quelle expression utilisée par Silver peut sembler ironique au lecteur ?

6 Qu'est-ce qui permet au lecteur de penser que John Silver est bien le dangereux pirate redouté de Bill Bones (p. 35-40) ? En quoi Jim et les autres personnages se montrent-ils naïfs ?

7 Pages 40-43 : comment Jim découvre-t-il la duplicité de Silver ?

8 Page 40 : quelle couleur paraît importante ? Pourquoi ?

9 Comment le dessinateur met-il en scène les différents protagonistes de l'action pages 40 (case 6), 41, 42 et 43 (case 1) ? Analysez les plans et les cadrages. Expliquez l'intérêt de ce montage alterné.

À SAVOIR

REGISTRE DE LA MISE À DISTANCE, L'IRONIE

L'ironie, par le biais de l'antiphrase, consiste à signifier le contraire de ce que l'on énonce. L'ironie est souvent utilisée dans le but de dénoncer, de se moquer, de critiquer quelque chose ou quelqu'un. Par exemple, le locuteur peut décrire la réalité avec des termes valorisants, dans le but de la dévaloriser. Le lecteur devra alors saisir le sens implicite de l'énoncé. Ici, le narrateur et Silver pratiquent souvent l'ironie, se moquant de la naïveté des autres personnages, voire de celle du lecteur.

ZOOM

STRUCTURATION DES PLANS

En bande dessinée, pour créer une illusion de vision directe et de profondeur sur un support plat, le dessinateur aura recours aux couleurs, aux ombres, à la perspective. En introduisant au premier plan des éléments qui paraissent proches, en arrière-plan des éléments qui paraissent éloignés, et au plan intermédiaire des éléments qui sont compris entre les deux autres, Pratt créée des effets de groupe ou d'espace, suggère des hiérarchies entre les personnages, structure une image complexe qui doit être lisible tout en restant dynamique.

10 Comment le dessinateur parvient-il à créer une impression d'espace et de groupe (p. 41, case 1 ; p. 42, case 4) ?

11 Quel est le champ lexical dominant dans le discours des pirates (p. 41-42) ?

12 *Danser à la potence* (case1, p. 42) : que signifie cette expression ? Cherchez une autre expression contenant le mot potence (qui pourrait s'appliquer aux personnages).

13 Par quelle expression de Silver la stratégie des pirates pourrait-elle être résumée (p. 42) ?

14 Page 42 : quel est le point culminant de la scène d'un point de vue dramatique ? Comment la peur de Jim est-elle traduite graphiquement ? Par quoi Jim est-il finalement sauvé ?

15 Quel visage Silver dévoile-t-il ici ?

16 Pages 80-82 : quel contrat Silver passe-t-il avec Jim ? Quel trait de sa personnalité cela révèle-t-il ?

17 Pages 80-82 : comment Silver parvient-il à subjuguer les autres pirates et à s'imposer comme chef ? Quel autre aspect de sa personnalité est ici montré ?

18 Page 87 : que découvrent les personnages ?

19 Analysez la case 3 page 87 (plan et cadrage). Quel effet produit-elle sur le lecteur ?

20 Pages 87-89 : en quoi Silver fait-il ici preuve d'intelligence et de sang-froid ?

21 Pages 94-95 : comment Silver tente-t-il de se racheter et de se rapprocher des « vainqueurs » ?

22 À votre avis, comment Jim perçoit-il Silver ? Justifiez votre réponse en vous appuyant sur les commentaires narratifs et les images.

Arrêt sur image

23 Analysez cette image : plan, cadrage, personnages, mouvement, lignes de composition. Quels aspects du personnage de Silver révèle-t-elle ?

Écrire

24 Bien des années après s'être enfui avec une partie du trésor, Silver écrit une lettre à Jim lui racontant la suite de ses aventures. Imaginez cette lettre.

Chercher

25 Stevenson s'est inspiré d'une personne réelle de son entourage pour créer le personnage de Silver. Qui était cette personne ? Pourquoi Stevenson s'en est-il inspiré ?

Le monde des pirates : un imaginaire de l'action

Lire

1 Page 38 : comment les pirates sont-ils présentés ?

2 Expliquez la fascination de Jim pour les pirates et leur univers.

3 Page 66 : par quels moyens graphiques la violence de l'action est-elle restituée ?

4 Relevez les onomatopées qui sonorisent la case 3 de la page 13 et la case 4 de la page 93. Lesquelles pouvez-vous retrouver dans un dictionnaire d'anglais ? Expliquez.

5 Pages 49-50 : de quel célèbre roman d'aventures le personnage de Ben Gunn semble-t-il provenir ? Pouvez-vous identifier d'autres clins d'œil du même genre ? Quelle en est la fonction selon vous ?

6 Quels sont les drapeaux qui apparaissent à la page 62 ? Comparez celui de la case 3 avec l'actuel drapeau de la Grande-Bretagne et expliquez les différences constatées. Que diriez-vous du drapeau de pirates ? Pourquoi Hugo Pratt a-t-il accordé tant de soin à la représentation de ces emblèmes ?

7 Page 31 : expliquez la manière dont la carte au trésor est reproduite. Pourquoi l'auteur a-t-il jugé utile de la présenter à son lecteur ?

8 Sait-on, à la dernière page, ce que devient Long John Silver ? Pouvez-vous repérer dans l'œuvre d'autres exemples de ce qu'on appelle un « silence du récit » ? En quoi servent-ils le genre dans lequel s'inscrit l'œuvre ?

9 Expliquez l'omniprésence des mouettes dans les décors. À quelle figure de style ce procédé graphique fait-il penser ?

10 Comment interpréter l'utilisation des points de suspension pages 22 (case 3), 47 (entre les cases 3 et 4) et 69 (case 1) ? Que nous apprennent-ils des ressorts réels de l'action ?

11 Pages 43 à 45 : étudiez les compléments de temps utilisés par le narrateur. Quel climat cela contribue-t-il à instaurer ?

12 Page 45, case 3 : pourquoi la remarque du capitaine dynamise-t-elle le scénario ?

13 Pages 46 à 49 : examinez la dernière case. À quoi voit-on que le découpage de l'histoire obéit à une reconduction permanente du suspense ?

Écrire

14 Trouvez une image tirée de l'édition illustrée de *L'Île au trésor* sur le site de la BNF (http://gallica.bnf.fr/) et décrivez-la.

ZOOM

STRIP

Aux États-Unis, le *comic strip* désignait à l'origine un gag raconté en deux ou trois cases et destiné à la presse quotidienne. Un strip est donc un bandeau horizontal comportant une à trois vignettes. Dans *L'Île au trésor*, les pages sont, pour la plupart, composées de deux strips superposés. Ce choix manifeste les influences anglo-saxonnes d'Hugo Pratt qui privilégie une vision linéaire du scénario et pense ses histoires comme un enchaînement d'actions, alors que la bande dessinée européenne privilégie habituellement une vision tabulaire et pense les histoires comme une succession de pages.

Chercher

15 Smollett, Benbow, Trelawney, Hawkins : d'où ces noms proviennent-ils ? Comment vous l'expliquez-vous ?

16 Effectuez des recherches sur Milton Caniff et son œuvre *Terry et les pirates*. En quoi Pratt a-t-il pu y trouver un modèle ?

Débattre

17 On a décrit l'aventure comme « un dialogue entre la mort et la liberté ». Êtes-vous d'accord avec cette définition ? Appuyez-vous sur des exemples précis empruntés à *L'Île au trésor* ou à d'autres récits d'aventures.

Arrêt sur image

18 Procurez-vous une reproduction du tableau d'Howard Pyle intitulé *Marooned* (*Abandonné*, Delaware Art Museum, 1909) et comparez-la à cette vignette. À quoi l'impression de poésie qui se dégage de cette case tient-elle ?

À SAVOIR

ARCHÉTYPE

Mot d'origine grecque (*archè*, ce qui est premier, primitif, et *tupos*, la marque, l'empreinte), l'archétype renvoie à ce qui est original et sert de modèle ou d'exemple en fixant les traits caractéristiques d'une représentation. En imaginant Long John Silver, Stevenson a élaboré un archétype car ce personnage, avec sa jambe de bois, son perroquet et sa morale ambiguë, incarne désormais l'idée qu'on se fait du pirate et a pu influencer de nombreux auteurs qui se sont intéressés à cet univers. De même, on peut considérer que *L'Île au trésor* est un archétype du roman d'aventures et de piraterie car il en invente les motifs et règles d'écriture qui seront repris ultérieurement.

Un roman d'apprentissage

Lire

1 Observez les scènes de confrontation de Jim avec les pirates (cases 1 et 2, p. 10 ; case 3, p. 11 ; case 4, p. 16 ; cases 1 et 2, p. 36). Analysez les moyens par lesquels la candeur dont le personnage peut faire preuve vis-à-vis de ses interlocuteurs est suggérée au lecteur.

2 Page 17, case 1 : comment la surprise et la peur qu'éprouve Jim sont-elles exprimées ?

3 Page 21, case 1 : à quoi voit-on que Jim a gagné en détermination et surmonté sa peur ?

4 Page 23, case 3 : relevez les temps verbaux utilisés par Jim. En quoi indiquent-ils qu'un changement s'est opéré dans les relations qu'il entretenait avec sa mère ? La suite confirmera-t-elle cette évolution ?

5 Page 29, case 1 : quels sont les détails qui vous paraissent renvoyer symboliquement à la séparation que vivent les personnages ?

6 Comparez la première et la troisième case de la page 40. Le rapport d'autorité qui s'y exprime est-il le même dans les deux cas ?

7 Confrontez la case 6 de la page 40 à la case 1 de la page 43. Que signifient les différences que vous avez pu noter ?

ZOOM

PLONGÉE, CONTRE-PLONGÉE

On parle de plongée quand le regard du lecteur domine verticalement la scène représentée. À l'inverse, en contre-plongée, le regard semble s'élever depuis le ras du sol jusqu'au sujet qui le domine de toute sa hauteur. Dans les deux cas, on ne perçoit pas la scène de la même manière que si elle avait été dessinée en visée horizontale, c'est-à-dire à hauteur d'homme. Page 67, par exemple, une plongée succède à une contre-plongée, ce qui traduit à la fois la fureur du combat et le renversement du rapport de force entre les belligérants. Plongée et contre-plongée peuvent s'accompagner de déformations qui accentuent d'autant les effets dramatiques (case 1, p. 27, par exemple).

8 En quoi peut-on dire que la mise en scène de la page 77 vient dramatiser un moment décisif du parcours de Jim ? Comment l'auteur s'y est-il pris pour marquer qu'il s'agit d'un point culminant de sa trajectoire ? Vous

À SAVOIR

AUTEUR, NARRATEUR, LOCUTEUR

Il faut distinguer auteur, narrateur et locuteur. L'auteur a conçu et réalisé l'œuvre ; ici, on peut considérer qu'il s'agit de Mino Milani, le scénariste, et d'Hugo Pratt, le dessinateur. Le narrateur est celui qui raconte l'histoire. Dans le cas présent, il s'agit de Jim Hawkins qui raconte les aventures qui lui sont arrivées quand il était enfant. Généralement, le narrateur reste le même d'un bout à l'autre du récit, mais il peut arriver que l'auteur choisisse ponctuellement d'en changer. Ainsi, dans *L'Île au trésor*, le docteur Livesey prend le relais de Jim de la page 54 à la page 62. Enfin, le locuteur est celui qui prend la parole ; ce peut être un personnage, notamment par l'intermédiaire des bulles.

complèterez votre analyse en examinant la manière dont la page précédente a préparé ce moment.

9 Page 80, case 2 : à quoi voit-on que Jim est parvenu au terme de son voyage initiatique ? Quelle figure de style utilise-t-il pour marquer cette étape finale de son évolution ?

10 Comment expliquez-vous l'absence de Jim comme personnage dans la dernière page de l'histoire ?

Écrire

11 Récrivez la scène où Jim se trouve dans le tonneau de pommes (p. 40-43) en adoptant le point de vue de l'un des complices de Long John Silver.

Chercher

12 Recherchez ce qu'est un *bildungsroman* (roman d'apprentissage) et dites si *L'Île au trésor* correspond à tous les critères de définition que vous avez trouvés.

13 Effectuez une comparaison entre *L'Île au trésor* et *Un capitaine de quinze ans*, roman que Jules Verne publia en 1878.

Débattre

14 Avant d'aller discuter avec le docteur Livesey, Jim doit jurer sur l'honneur qu'il ne cherchera pas à échapper aux pirates (p. 84-85). De fait, il revient se constituer prisonnier après sa conversation avec Livesey. Approuvez-vous son attitude ? Expliquez les raisons pour lesquelles, compte tenu des enjeux de la situation, vous auriez agi, ou non, comme lui.

15 On a pu dire que *L'Île au trésor* est « un rêve de petit garçon ». Comment interprétez vous ce propos et le partagez-vous ?

Arrêt sur image

16 Étudiez cette vignette en vous intéressant particulièrement aux moyens par lesquels le mouvement et la peur qui animent les personnages sont rendus.

AUTRES IMAGES, AUTRES TEXTES

Le trésor des pirates

On imagine mal des histoires de pirates sans un trésor enterré quelque part. Clé du suspense qui imprime à l'aventure son tempo souvent si soutenu, le trésor dit à chacun sa vérité. Il révèle le plus souvent aux protagonistes que les ressources qu'ils ont dû trouver en eux-mêmes pour surmonter les épreuves et atteindre leur but importent bien plus que les richesses qu'ils convoitaient. Dès lors, le trésor peut bien avoir disparu ou n'avoir jamais existé, si la quête est parvenue à son terme.

NOUVELLE

Edgar Allan Poe, *Histoires extraordinaires*, traduit par Charles Baudelaire, 1856.

En 1843, Edgar Allan Poe publie dans un journal new-yorkais une nouvelle intitulée *Le Scarabée d'or*. Il y raconte les péripéties vécues par William Legrand, son domestique Jupiter et leur ami le narrateur pour retrouver le trésor du fameux Captain Kidd, caché sur une île de la Caroline du Sud. Longtemps, le comportement de Legrand paraît relever de la folie obsessionnelle jusqu'à ce que l'emplacement du trésor se précise.

Nous nous remîmes au travail avec une ardeur nouvelle ; jamais je n'ai passé dix minutes dans une aussi vive exaltation. Durant cet intervalle, nous déterrâmes complètement un coffre de forme oblongue, qui, à en juger par sa parfaite conservation et son étonnante dureté, avait été évidemment soumis à quelque procédé de minéralisation, – peut-être au bichlorure de mercure. Ce coffre avait trois pieds et demi de long, trois de large et deux et demi de profondeur. Il était solidement maintenu par des lames de fer forgé, rivées et formant tout autour une espèce de treillage. De chaque côté du coffre, près du couvercle, étaient trois anneaux de fer, six en tout, au moyen desquels six personnes pouvaient s'en emparer. Tous nos efforts réunis ne réussirent qu'à le déranger légèrement de son lit. Nous vîmes tout de suite l'impossibilité d'emporter un si énorme poids. Par bonheur, le couvercle n'était retenu que par deux verrous que nous fîmes glisser, – tremblants et pantelants d'anxiété. En un instant, un trésor d'une valeur incalculable s'épanouit, étincelant, devant nous. Les rayons des lanternes tombaient dans la fosse, et faisaient jaillir d'un amas confus d'or et de bijoux, des éclairs et des splendeurs qui nous éclaboussaient positivement les yeux.

Je n'essayerai pas de décrire les sentiments avec lesquels je contemplais ce trésor. La stupéfaction, comme on peut le supposer, dominait tous les autres. Legrand paraissait épuisé par son excitation même, et ne prononça que quelques paroles. Quant à Jupiter, sa figure devint aussi mortellement pâle que cela est possible à une figure de nègre. Il semblait stupéfié, foudroyé. Bientôt il tomba sur ses genoux dans la fosse, et plongeant ses bras nus dans l'or jusqu'au coude, il les y laissa longtemps, comme s'il jouissait des voluptés d'un bain.

ROMAN

John M. Falkner, *Moonfleet*, 1898, traduit par Florence Herbulot, Phébus, 1988.

John Trenchard est un orphelin de quinze ans qui se prend d'amitié pour Elzevir Block, l'aubergiste de Moonfleet et surtout l'un des contrebandiers du village. Ensemble, ils partent en quête du fabuleux diamant de Barbe Noire jusqu'à l'aller chercher au fond d'un puits.

J'eus vite fait de faire sauter le mortier des jointures, et je détachai la brique en glissant la pointe du marteau dans la fente. Je la retirai proprement et l'entreposai dans le seau, avec l'intention de l'examiner plus tard au besoin, au cas où elle recèlerait une cachette. Mais je n'en eus jamais l'occasion car là, derrière l'emplacement de la brique, il y avait un petit trou, et dans ce trou était ce que je cherchais. Mes doigts, fouillant en moins de temps qu'il n'en faut pour le dire, ressortirent un petit sachet de parchemin, semblable en tout point à ces coques desséchées échouées sur les plages, que les enfants appellent des bourses-de-berger. Il arrive parfois qu'un petit caillou se glisse dans une bourse-de-berger bien sèche et bien craquante et qu'il crépite comme un pois dans sa cosse. Le petit sac que je tirai du mur était lui aussi sec et crissant, et il renfermait un objet de la taille d'un caillou que j'entendis crépiter. Mais je savais qu'il ne s'agissait pas d'un caillou et je voulus ouvrir le sac. Il était sec et tout racorni, et il me fallut l'attaquer à la pointe du marteau pour en déchirer un coin. Je le secouai alors délicatement, et un cristal gros comme une noix tomba dans la paume de ma main. Je n'avais jamais vu le moindre diamant, qu'il fût petit ou gros. Pourtant, même si j'avais ignoré tout de l'histoire de Barbe Noire, je n'aurais pas pu douter un instant que j'avais bel et bien en main un diamant, d'une grosseur et d'un éclat incomparables. Il était taillé de mille facettes, et bien qu'il n'y eût pas d'autre lumière dans le puits que celle de ma chandelle, il me semblait briller de mille feux qui jetaient des éclairs, rouges, bleus et verts, tandis que je le tournais et retournais entre mes doigts. D'abord je ne pus penser à rien d'autre, ni comment il était arrivé ici, ni comment j'avais réussi à le découvrir – à rien d'autre qu'à lui, le diamant, et au fait qu'avec un tel butin, Elzevir et moi allions vivre heureux jusqu'à la fin de nos jours, que je serais un homme riche et que je pourrais revenir à Moonfleet. Je m'accroupis au fond du seau, tout occupé par ces pensées, faisant rouler ce trésor dans ma main et m'émerveillant de son éclat.

BANDE DESSINÉE

Hergé, *Le Trésor de Rackham le Rouge*, « Tintin », Casterman, 1947.

Tintin et ses amis sont partis à la chasse au trésor sur les traces de Rackham le Rouge, un pirate du XVIIe siècle vaincu par l'ancêtre du capitaine Haddock. Ils abordent leur île au trésor avec un enthousiasme à la mesure de la déception qui les attend. Du moins dans un premier temps...

Non, je dis que c'est grâce à vous que nous aurons découvert le trésor...
Ah!... Eh bien, moi, je suis certain que c'est une croix!...
Bien sûr, bien sûr, c'est une croix...
Non?... Vous croyez?...
Sapajou!... Moule à gaufres!...
Salut, vieux frère!...
Hourra! la voici!
La croix de l'Aigle, Messieurs!
Hein?... Que vous avais-je dit?... Est-ce une croix, oui ou non?...
Tiens, tiens?... Que signifient toutes ces entailles?..
C'est un calendrier!... Votre ancêtre a fait comme Robinson Crusoé: il a compté les jours... Voyez, il y a une petite entaille pour chaque jour de la semaine, et une grande pour le dimanche...
À l'ouvrage, Messieurs, à l'ouvrage!... J'offre une bouteille de rhum à celui qui trouve le trésor!
Vous... vous cherchez quelque chose?...
!
Laissez donc votre pendule, mille sabords!... Et donnez-nous plutôt un coup de main!...
Toujours l'ouest, oui...

Documentation complémentaire

Les deux textes qui suivent viennent en complément de la bande dessinée. L'étape 2 de l'appareil pédagogique qui aborde le thème de l'adaptation s'appuie sur le premier, extrait de *L'Île au trésor* de Stevenson. Dans le second texte, Hugo Pratt relate sa rencontre avec le roman de Stevenson et les histoires de pirates que lui contait son père, souvenirs qui furent source d'inspiration pour son travail avec Milani.

ROMAN

R. L. Stevenson, *L'Île au trésor*, traduit par D. Serval, 1881, Flammarion, 2007.

Jim Hawkins tient avec ses parents une auberge sur la côte anglaise. Le destin vient frapper à leur porte sous les traits d'un individu mystérieux qui se fait appeler le Capitaine et qui a décidé de rester à l'auberge pour quelque temps.

Il était ordinairement très taciturne. Tout le jour il rôdait alentour de la baie, ou sur les falaises, muni d'une lunette d'approche en cuivre ; toute la soirée il restait dans un coin de la salle, auprès du feu, à boire des grogs au rhum très forts. La plupart du temps, il ne répondait pas quand on s'adressait à lui, mais vous regardait brusquement d'un air féroce, en soufflant par le nez telle une corne d'alarme ; ainsi, tout comme ceux qui fréquentaient notre maison, nous apprîmes vite à le laisser tranquille. Chaque jour, quand il rentrait de sa promenade, il s'informait s'il était passé des gens de mer quelconques sur la route. Au début, nous crûmes qu'il nous posait cette question parce que la société de ses pareils lui manquait ; mais à la longue, nous nous aperçûmes qu'il préférait les éviter. Quand un marin s'arrêtait à l'*Amiral Benbow* – comme faisaient parfois ceux qui gagnaient Bristol par la route de la côte – il l'examinait à travers le rideau de la porte avant de pénétrer dans la salle et, tant que le marin était là, il ne manquait jamais de rester muet comme une carpe. Mais pour moi il n'y avait pas de mystère dans cette conduite, car je participais en quelque sorte à ses craintes.

Un jour, me prenant à part, il m'avait promis une pièce de dix sous à chaque premier de mois, si je voulais « veiller au grain » et le prévenir dès l'instant où paraîtrait « un homme de mer à une jambe ». Le plus souvent, lorsque venait le premier du mois et que je réclamais mon salaire au capitaine, il se contentait de souffler par le nez et de me foudroyer du regard ; mais la semaine n'était pas écoulée qu'il se ravisait et me remettait ponctuellement mes dix sous, en me réitérant l'ordre de veiller à « l'homme de mer à une jambe ».

PRÉFACE

Hugo Pratt, « L'homme à la saharienne », traduit par P. Rava, *L'Île au trésor*, Casterman, 1988.

En 1937, Hugo Pratt a rejoint son père Rolando en Abyssinie, région d'Afrique orientale contrôlée par le régime fasciste de Mussolini. Il y passe toute une partie de son enfance et de son adolescence jusqu'à ce que la guerre éclate et que son père se retrouve prisonnier de l'armée britannique. C'est dans ce contexte qu'il fait la connaissance du roman de Stevenson, comme il l'explique dans ce texte de souvenir qui revient sur les raisons pour lesquelles il s'est intéressé à *L'Île au trésor*.

Je ne lus *L'Île au trésor* de R. L. Stevenson que beaucoup plus tard.
Je revois parfaitement, comme si c'était hier, mon père sortant un petit livre noir d'une grande poche de sa vieille saharienne comme par enchantement ; il me le donna et me dit avec un sourire mélancolique : « *Toi aussi, un jour, tu iras chercher ton île… Ne t'en fais pas si tu ne la trouves pas tout de suite ; il y en a beaucoup, tu la rencontreras le moment venu.* »
Ce livre est encore avec moi. C'est *L'Île au trésor*, dans une édition plutôt rare, publiée chez un éditeur de Londres, W. Heinemann Ltd. ; elle fut insérée dans une collection qui prit le surnom que les Polynésiens donnèrent à Stevenson : « Tusitala », le conteur d'histoires.
Puis mon père s'éloigna avec son garde, Kikuyu, qui devait le reconduire au camp de concentration militaire pour les prisonniers de guerre italiens sur la route de Harrar, en Éthiopie. Il était déjà loin quand il se tourna

encore une fois pour me saluer et me crier quelque chose que je ne parvins pas à comprendre. Ce fut la dernière fois que je le vis.

Quoi qu'il en soit, sur les îles au trésor et sur leurs pirates, je savais presque tout : je n'étais qu'un enfant de quatre ans quand mon père, les rares fois où je le voyais, de retour de quelque long voyage, me racontait une de ces très belles et terrifiantes histoires, alors que j'étais au lit dans une belle mansarde sous les toits du palais Zen à Venise, où je vivais avec la famille de ma mère.

C'étaient des histoires de longitudes et de latitudes lointaines, d'allusions poétiques aux déplacements des ouragans, des vents, des courants, des mouettes… des histoires cachées, et des noms évoquant les palmiers, les plages, les lagunes : Maracaibo, Portobello, Panama, Carthagène, l'île Marguerite ou l'île des Perles, l'île de la Tortue.

De vieilles ballades de marins suggéraient alors et suggèrent encore aujourd'hui qu'il faut être prudent en avril, mai, juin et jusqu'en septembre, car à chaque mois correspond un ouragan comparé à une belle femme. Voilà ce que me racontait mon père jusqu'au moment où je m'endormais, et je rêvais avec John Hawkins, Francis Drake, Henry Morgan, Teach Blackbeard, hissant le « Jolly Roger » sur la drisse de pavillon à la poupe de leurs galions de guerre.

J'ai entendu ces fables avant *Pinocchio*, avant *L'Amour des trois oranges*, avant *Les Habits neufs de l'empereur* et avant les autres fables. Je connaissais tout sur la piraterie proposée par la littérature d'aventure anglo-saxonne avec ses auteurs : P. Gosse (*Pirates Who's Who, Boston*, 1924), A. O. Exquemelin (*The Buccaneers of America*, 1864), C. Johnson (*A General History of the Pirates, Londres*, 1724), F. Bradlee (*Piracy in the West Indies and its Suppression*, 1923), G. Dow J. H. Edmonds (*The Pirates of the New England Coast*, 1730), pour ne citer que les plus célèbres. Mais, en revanche, je ne connaissais rien ou presque de E. Salgari ni de ses corsaires noirs, rouges ou verts, ni de leurs différentes filles qui enthousiasmaient tant mes camarades d'école.

Il me reste de cette époque quelques titres de la collection « *Romantica onzogno* », tels que *Phantom Jack* de Brown, *The Coral Ship* et *Satan* de H. de Vere Stalpoole, *Capitaine Blood* de R. Sabatini, parus dans les années trente.

De Robert Louis Stevenson, je connaissais *The Black Arrow, A Child's Garden of Verses, Kidnapped!*, un autre livre de poèmes et de ballades rassemblés sous le titre de *Underwoods, The Master of Ballantrae*, et *Catriona*. Des livres que j'amenais avec moi ou trouvais à Addis-Abeba ; ils furent les précieux compagnons de mes journées torrides, passées au camp d'internement de Dire Daoua.
Les préfaces de ces livres m'apprirent que toute la vie du poète écossais fut une lutte désespérée contre la maladie et que sa détermination et sa vaillance au travail, à l'ombre de la mort, ont fait de lui l'une des figures les plus héroïques de la littérature anglaise.
Je ne me souviens pas si, la dernière fois que je vis mon père, je lui promis d'aller à la recherche de l'île, mais j'ai l'impression que ce fut l'île qui vint me chercher. Je l'ai rencontrée à plusieurs reprises, guidé par les dessins de Howard Pyle, Newell Convers Wyeth, Norman Rockwell et par ceux de mon collègue Dino Battaglia. Ce fut peut-être Howard Pyle plus que nul autre, avec ses dessins de pirates, qui m'invita à visiter la piraterie.
Je dessinai *L'Île au trésor* en 1965, grâce aussi à l'intérêt de F. G. C. Francesconi, le futur directeur du *Corriere dei ragazzi*. Mon travail, enfin, voudrait être un respectueux hommage au génie de Tusitala et à l'homme à la saharienne usée qui, en Éthiopie, me salua pour la dernière fois.

INFORMATION / DOCUMENTATION

BIBLIOGRAPHIE

• De Robert Louis Stevenson

– *Voyage avec un âne dans les Cévennes*, Flammarion, 1993 [1879].
– *L'Île au trésor*, Folio Classique, Gallimard, 2000 [1883].
– *Le Cas étrange du Dr Jekyll et de Mr Hyde*, « Classiques et Contemporains » n° 27, Magnard, 2001 [1886].
– *Les Aventures de David Balfour*, Le Serpent à Plume, 2006 [1886].

• D'Hugo Pratt

Plusieurs séries publiées chez Casterman, notamment :
– *Corto Maltese*, de 1975 à 1992.
– *Les Scorpions du désert*, de 1977 à 1994.
– *Ernie Pike*, de 1979 à 2007.
Des albums *one shot* :
– *Sandokan*, paru en 2009.
– *Saint-Exupéry – Le Dernier vol*, 1995, que vous pouvez également retrouver dans la collection « Classiques & Contemporains BD », n° 16, Magnard, 2010.

• Histoires de pirates

– *Histoire du sieur de Montauban, Capitaine flibustier*, Anacharsis, 2003 [1695].
– *Moonfleet*, John M. Falkner, Phébus, Libretto, 1998 [1898].
– *L'Île des perroquets*, Robert Margerit, Libretto, Phebus, 1999 [1942].
– *L'Ancre de miséricorde*, Pierre Mac Orlan, Phebus, Libretto, 2000 [1946].
– *Long John Silver*, Bjorn Larsonn, LGF, 2001 [1998].
– *Pirates de légende*, Loïck Peyron, Annette Marnat, Flammarion, 2009.

• Documentaires sur l'univers des pirates et des flibustiers

– *Sous le pavillon noir, pirates et flibustiers*, Philippe Jacquin, « Découvertes », Gallimard, 2002.
– *Le Dico des pirates et des corsaires*, Dominique Joly, La Martinière Jeunesse, 2005.
– *Corsaires et pirates*, Richard Platt, Gallimard Jeunesse, 2007.
– *Sur les traces des pirates*, Thierry Aprile, François Place, Gallimard Jeunesse, 2009.

• Bandes dessinées

– *L'Île au trésor*, François Corteggiani et Michel Faure, Dargaud, 1991.
– *L'Île au trésor*, David Chauvel et Fred Simon, Delcourt, 2007 (3 volumes).
– *Long John Silver*, Xavier Dorison et Mathieu Lauffray, Dargaud, 2007.
– *Isaac le Pirate*, Christophe Blain, Dargaud, 2001 (5 volumes).
– *One Piece*, Eiichiro Oda, Glénat Manga, 2005 (51 volumes).

FILMOGRAPHIE

– *L'Île au trésor*, réalisé par Victor Fleming, 1934.
– *Captain Blood*, réalisé par Michael Curtiz, 1935.
– *Les Contrebandiers de Moonfleet*, réalisé par Fritz Lang, 1955.
– *Pirates*, réalisé par Roman Polanski, 1986.
– *L'Île de Black Mor*, film d'animation réalisé par Jean-François Laguionie, 2004.

SITES INTERNET

– http://corsaires.ca/ : exposition sur les pirates et les corsaires par le musée virtuel du Canada,
– http://www.kiss.qc.ca/ : une encyclopédie de la piraterie et un roman d'aventures.
– http://www.pirates-corsaires.com/ : 200 références de pirates et corsaires en bande dessinée.

VISITE

Musée national de la marine (http://www.musee-marine.fr/).

LEXIQUE

Angle de vue : hauteur à laquelle se trouve placé le regard du lecteur par rapport au sujet représenté. Syn. : *visée*.

Appendice : signe graphique qui sert à relier le personnage avec ses paroles ou pensées contenues dans une bulle. L'appendice peut prendre la forme d'un simple trait, d'une flèche ou de petits cercles pour évoquer les pensées du personnage. Syn. : *queue, pointe*.

Bande : série de cases disposées sur une ligne horizontale. Syn. : *strip*.

Bible : texte de référence utilisé par les scénaristes qui travaillent sur une série. Ce texte définit le caractère de tous les personnages de la série, leurs principales actions, ainsi que les liens qui les unissent.

Bords perdus : vignettes qui vont jusqu'au bord de la page, sans laisser de marge blanche. Le dessin n'a alors pas de limite spatiale et semble se poursuivre au-delà de l'album.

Bulle : espace délimité par un trait qui peut prendre différentes formes. Cet espace contient les paroles ou pensées des personnages. Syn. : *phylactère, ballon*.

Cadre : trait qui encadre le dessin dans une case. Le trait peut être rectiligne, ondulé... Il est souvent rectangulaire, carré ou circulaire. L'absence de cadre autour du dessin crée alors un effet qui distingue cet élément de l'ensemble. L'espace hors-cadre est tout ce que l'œil voit en dehors du cadre. Lorsqu'un élément dépasse du trait qui délimite le cadre, il y a une *sortie de cadre*.

Cartouche : voir *encadré narratif*.

Case : dessin bordé par un cadre. La case est l'unité de base de la narration en bande dessinée. Les cases représentent un moment de l'histoire et le lecteur fait l'effort d'imagination qui consiste à relier ces différentes cases formant un tout cohérent. Syn. : *vignette*. Une case peut prendre la dimension d'une page et est appelée *case planche*. Une *case-relais* ressemble à un insert mais déborde sur la case qui la précède et la suit.

Champ et contrechamp : le champ représente une vision de la scène et le contrechamp la vision opposée, à 180 degrés ou un peu moins, de cette même scène. Le hors-champ désigne ce que l'on ne voit pas mais a une existence dans le récit.

Coloriste : personne chargée de mettre en couleurs les planches du dessinateur. Comme le dessin et le texte, la couleur a aussi une fonction narrative.

Comics : bandes dessinées issues des États-Unis.

Contre-plongée : lorsque la vue se trouve en-dessous de l'objet représenté.

Échelle de plans : variation de la distance à laquelle le sujet est représenté. Voir *gros plan, plan américain, plan d'ensemble, plan moyen, plan rapproché*.

Effet Marey : Jules Marey photographia les phases successives d'un mouvement. En BD, certaines parties du personnage sont alors démultipliées, ce qui sert à montrer le mouvement.

Ellipse : contraction du temps du récit. (Exemple : un homme ferme sa porte d'appartement ; puis il est assis à côté d'une femme qui tient un bouquet de roses. Nous n'aurons pas vu le trajet de l'homme ni l'achat des roses. Il y a donc une ellipse.)

Encadré narratif : espace, souvent rectangulaire, situé dans la case. Cet espace permet au narrateur, par exemple, de donner des indications spatiales et temporelles. Syn. : *cartouche*, *espace récitatif*, *espace diégétique*, *pavé narratif*.

Gouttière : voir *intercase*.

Gros plan : vue qui cadre, en général, le visage. Le *très gros plan* permet d'isoler un détail.

Idéogramme : signe graphique qui, dans la bande dessinée, représente une pensée ou un sentiment.

Insert : enchâssement d'une case dans une autre.

Intercase (espace intercase) : espace, souvent blanc, qui se trouve entre les cases. Syn. : *espace inter-iconique*, *gouttière*.

Lettrage : écriture des lettres qui composent le texte dans les bulles ou les récitatifs.

Ligne claire : style graphique réaliste représenté par une grande lisibilité de la planche avec une absence d'ombres et de hachures. Les personnages et objets sont délimités par un trait à l'encre, de même épaisseur. Hergé est l'un des représentants de ce style graphique.

Manga : bande dessinée japonaise, principalement en noir et blanc, qui se lit de droite à gauche.

Onomatopée : correspond à la « bande son » et, plus particulièrement, aux bruitages. Les onomatopées rappellent souvent le verbe d'origine en anglais (*sniff*, *splash*, etc.). Le dessinateur peut évoquer la puissance du son en variant l'épaisseur des caractères.

Perspective : c'est l'art de donner un effet de profondeur à un objet, qui possède dans la réalité trois dimensions, et se trouve reproduit sur une surface plane.

Phylactère : voir *bulle*.

Plan américain : angle de vue choisi dans l'illustration d'une case qui coupe le(s) personnage(s) à mi-cuisse.

Plan d'ensemble : vue de très loin qui permet de présenter le décor. Syn. : *plan général*.

Plan moyen : angle de vue choisi dans l'illustration d'une case permettant de voir le(s) personnage(s) en entier.

Plan rapproché : angle de vue choisi dans l'illustration d'une case qui coupe le personnage au niveau du buste.

Planche : page de bande dessinée. Son nom vient de la planche à dessin sur laquelle travaille le dessinateur.

Plongée : lorsque notre point de vue se trouve au-dessus de l'objet représenté.

Profondeur de champ : zone de netteté dans le plan.

Raccord : permet de faire un lien entre les cases afin de fluidifier la narration. Le raccord peut être textuel, visuel, temporel, spatio-temporel ou *cut*.

Scénariste : personne qui imagine et écrit l'histoire selon les codes propres à la bande dessinée.

Séquence, scène, épisode : unités de temps et d'action.

Strip : voir *bande*.

Vignette : voir *case*.

Visée : voir *angle de vue*.

Vue normale : correspond à une vision « à hauteur d'homme ».

Classiques & Contemporains
Bande Dessinée

1 **Tardi,** *Adèle Blanc-sec – Adèle et la Bête*
2 **Hugo Pratt,** *Corto Maltese – Fable de Venise*
3 **Hugo Pratt,** *Corto Maltese – La Jeunesse de Corto*
4 **Jacques Ferrandez,** *Carnets d'Orient – Le Cimetière des Princesses*
5 **Tardi,** *Adieu Brindavoine* suivi de *La Fleur au fusil*
6 **Comès,** *Dix de der*
7 **Enki Bilal et Pierre Christin,** *Les Phalanges de l'Ordre noir*
8 **Tito,** *Tendre banlieue – Appel au calme*
9 **Franquin,** *Idées noires*
10 **Jean-Michel Beuriot et Philippe Richelle,** *Amours fragiles – Le Dernier Printemps*
11 **Ryuichiro Utsumi et Jirô Taniguchi,** *L'Orme du Caucase*
12 **Jacques Ferrandez et Tonino Benacquista,** *L'Outremangeur*
13 **Tardi,** *Adèle Blanc-sec – Le Démon de la Tour Eiffel*
14 **Vincent Wagner et Roger Seiter,** *Mysteries – Seule contre la loi*
15 **Tardi et Didier Daeninckx,** *Le Der des ders*
16 **Hugo Pratt,** *Saint-Exupéry – Le Dernier Vol*
17 **Robert Louis Stevenson, Hugo Pratt et Mino Milani,** *L' Île au trésor*
18 **Patrick Manchette et Tardi,** *Griffu*
19 **Marcel Pagnol et Jacques Ferrandez,** *L' Eau des collines – Jean de Florette*
20 **Jacques Martin,** *Alix – L' Enfant grec*
21 **Comès,** *Silence*
22 **Tito,** *Soledad – La Mémoire blessée*

Édition : Charlotte Cordonnier
Conception graphique : Yannick Le Bourg
Réalisation : Nord Compo

www.casterman.com
www.classiquesetcontemporains.com

IMPRIM'VERT®

Dépôt légal : juin 2011
Achevé d'imprimer : décembre 2022 par SEPEC, 01960 Péronnas - France
N° d'imprimeur : 09467221123 N° d'éditeur : MAGSI20220856

MADE IN FRANCE

PEFC 10-31-1470 / Certifié PEFC / Ce produit est issu de forêts gérées durablement et de sources contrôlées. / pefc-france.org